U0961363

未经许可的悲伤

邵以默 著

文化发展出版社
Cultural Development Press

图书在版编目（CIP）数据

未经许可的悲伤 / 邵以默著. -- 北京 : 文化发展出版社, 2021.4
ISBN 978-7-5142-3352-0

Ⅰ. ①未… Ⅱ. ①邵… Ⅲ. ①诗集－中国－当代 Ⅳ. ①I227

中国版本图书馆 CIP 数据核字 (2021) 第 041096 号

未经许可的悲伤

邵以默　著

责任编辑：武　赫

出版发行：文化发展出版社（北京市翠微路 2 号 邮编：100036）

网　　址：www.wenhuafazhan.com

经　　销：各地新华书店

印　　刷：三河市金元印装有限公司

开　　本：710mm×1000mm 1/16

字　　数：200 千字

印　　张：13.75

版　　次：2021 年 4 月第 1 版　　2021 年 4 月第 1 次印刷

定　　价：49.80 元

I S B N：978-7-5142-3352-0

诗可以从任何地方开始（代序）

按照常规思维，女人写作出来的诗歌就会被认为是“女性诗歌”，于是就会让人自然而然地想到一些女性套路，而忘记了很多女性作者的丰富性、复杂性和独特性。江苏女诗人邵以默的作品正像她更常用的笔名少爷一样，有很高的辨识度。她的遮蔽与独特，符合一个时代的某些文化现象，也符合她追求“真诗人”的品格。

埃利蒂斯说：诗从哲学终止的地方开始。对于邵以默来说，诗可以从任何一个地方开始，在消化哲学本身的同时且转化为其他物质，因此她的诗始终不离哲学的化境，坚硬的理念被稀释了，但不会消失。只是，“开始”和“过程”不是诗，而是对于“开始”和“过程”的态度。“我一直怀疑，这还是我吗”（《原罪》）。超越性别，是经历性别之后的整体效应，有一种“凤凰涅槃”的味道。邵以默在大学里学的是环境工程专业，现在又是一位企业质量负责人，却对易经、佛学、哲学、药学、建筑学等都有一定的研究。作为企业质量负责人，生存和爱好的多样化，其感知视角和心灵境界达到了一定的高度，且似乎具备了一双全息性的双眼。这个特点以解图诗《雅典学院》为集中表现。《雅典学院》本是意大利大画家拉斐尔的经典名作，题材是柏拉图举办雅典学院，却兼容并蓄，打破时空界限，同时将多学科汇聚一堂，终归智慧和“寂静的真理”。以西画透视法，采用拱形圆屋顶为背景，营造了宏大整合包容的作派。诗人还发现：“拉斐尔，你的诞辰是耶稣受难日 / 这不是巧合，更像是神秘天意”。她的笔触无限延伸，仿佛神授。

邵以默是一位纵观宇宙、把握整体、言说万物、把握内在神秘的诗人，同时又不失女性的细腻婉转、愁肠百结的味道。她追求完美以至于完美得绝望，因为“现实永远是不完美的”（《落日》）。因为缺陷，人类才会拥有追求无限的可能性。邵以默的诗歌如此显示出一个女人的某种能量又超出了一个女人的能量，超强而内敛。“我仍要在渗血的伤口处 / 完成一朵花的纹身”（《玫瑰》）。

且慢！她偏偏要去碰撞什么“虚构的深渊”（《雨水赋》）以及深渊之类。其实，“虚构的深渊”比现实的深渊更深渊，更被真实地对待！更是心灵的深度和高度。而且“虚构的深渊”更能对应、收拢现实的深渊。因为诗人认识到：“江湖险恶，离开咒语 / 拿什么超度你所遭遇的人间苦难？”而要打破那个古老的女性神话原型，除“旧”布“新”，翻“故”求“变”，何其艰辛而又惊心动魄，无异于一场关于自我的世界战争：

我习惯在老去的路上不断翻新
用年轻的思想武装渐老的肉身

我一直怀疑，这还是我吗
机器的轰鸣如此之大

有些是我负气的咆哮
有些是我折旧的呻吟

此刻，我伸出手
卸下体内禁锢多年的螺栓

锈蚀的零件散落一地
古老的敌意散落一地

——《原罪》

是呀，对于一个女人来说，在自身生命生存的取景框里，伤筋动骨事小，而面对“古老的敌意”，从与血肉相连的灵魂到文化——心理结构的真正革命事大。这正是邵以默个人非凡的境遇，也是其精神觉醒和玄机顿悟的机遇，我认为此间的挑战是值得的，它使邵以默的诗歌具有结实、思想、理念、深邃的特点，充盈着血液和钙质，消泯了性别之分，以区别于一般女性诗歌或区别女性诗歌本身。如此说来，不是指她不“女人”，而是为了更加直抵世界和人的真相本身，似乎不合时宜地找回现时代的灵魂和精神元素。她出色地打开了诗与思的通道，几乎仰观天象，俯察地理，环视人生，将其视镜中的一切化为新时代的“大义觉迷录”，因为天上的地上的也是人间的，更是精神感受中的：

面对苍山和夕光
我抱紧神赐的生存秘籍

是它教会我真理
——沉默的石头都是高僧

——《石头》

如果我们禁言
人间便奇迹无数

——《哑谜》

我开始用脚趾思索
——这个夜晚与前朝的迥异

——《雀舌》

她的诗明显对立于当今诗坛上那些轻飘、浮浅、甜腻的女性或男性写作，更不是空泛和虚幻、语词装潢、铺展无边的那种，而是都有一个自身的背景，立足脚下的大地，让诗有了“根据”、基地和深度。她的诗是“直接”写法，语言本色，却能构成总体象征，诗味浓郁。我想，这缘于诗境的设置，如果将诗境看作剧场的话——她的诗里大多有一个“我”出场、现身，鲜活而真实的生命体验——梦幻，潜意识，变身法，第六感官，变形变构，等等——仿佛打开了另一个世界：她既被“梦魇缠身”（《潜伏》），又在不知不觉中蜕变：“我就是那个初生的婴儿”（《容器》），而“当某天，所有的水悄然死去 / 世间再无沧海 / 眼泪成为最后的奢侈”（《浮世》），相对中绝对，一个女人的摊牌并非终局，而是包含了一个极为丰富复杂的过程。对！重要的是过程：天地尽囊手中。或说，“天地境界”（冯友兰）是“从任何地方开始”的换一种说法：哲学与诗的游戏方式？也就是说，“从任何地方开始”是哲学的（经典说法“哲学是关于世界观的学问”），也是诗的，仿佛两者神秘的循环圈。

因此，对于邵以默来说，从任何地方开始，指她的视角、视界、胸襟、见识度及对世界万物的触及面等，但同时也是指一种方法，从任何地方开始，并非一去不回、漫无边际，而是既能放得开又会收得拢。因为认知理性就是节制，诗歌就是诗艺。说到底，节制也是诗艺，终归在诗艺的运筹之下，而诗艺也是某种意义上的认知理性，因为修辞本身产生意义，“意义即用法”。恰巧邵以默出色地掌握了这两点，并使其融会贯通，且在两头之间纵横驰骋，游刃有余。她尽管放纵了世界观，无限风光地展望下去，追问下去，但没有放弃诗歌艺术的规约，她是一位很讲究诗艺的诗人。优雅而浑厚，中和而坚韧，柔中带刚，淡中含味，形成了思与境偕的独特风格：

淹没我的不是沙尘，以及
越刮越紧的风声。而是你错误的判决

你的喜怒，如一束光

照亮的部分越光鲜，背面有更深的皱褶

——《投影》

方文竹

2021.01.07

目录

PREFACE

第二章　稻草人

第三章　雀舌

第四章　沧浪之水

第五章　百年孤独

01

第一章 虚无之物

红叶

我一直羞于见人，羞于见事
尤其这个季节
我只在光阴的缝隙里偷看过外面两次
一次是你来，一次是你走

玫瑰

你是幽居在我伤口的情人
昨天你的口吻像一个逃难者
在我睡去的时候
你从我的伤口上撤退
把一个真相从无数个谎言中
剥离，倒拖的芒刺上
血肉模糊
当我从疼痛中醒来
我身体里囤积多年的洪水
瞬间决堤。而明天
我仍要在渗血的伤口处
完成一朵花的文身

荡漾

今夜我替月亮
又把江水照管了一遍
波光暗影，折叠又铺陈

这多像我现在的生活
经历了几十年都未有过的
缺憾和圆满

当星辰转动
吃水线在岩石上涂满
咸涩的胎记

无数个不安的夜呵
挥霍成千回百转的江水

——那些年走失的月亮
此刻，正从春夜的涟漪中匆匆赶回

当我们交错重叠
星光成为彼此眼中的唯一诚意
月色荡漾
我体内满溢的江水荡漾

投影

我尝试多次，还是未能躲过
生命中那些刺眼的强光

树影斑驳。无序。混乱
有人一直在拷问风的真诚

用大地新冒出的岩浆
或者，用石头沉默的臆想

断桥残壁，拿什么修复
空山。寂寂。无退路

淹没我的不是沙尘，以及
越刮越紧的风声。而是你错误的判决

你的喜怒，如一束光
照亮的部分越光鲜，背面有更深的皱褶

诊断

我们并排坐着
像久违的兄弟
没有隔阂
桃树和李树还未结盟

当你读到
“留一树繁花给黑夜
谢谢你涉水而来”
我落泪了
你深深懂得——
我只是太容易被春天感动

当我们退至轮回
相认于前世的某个医学名词
你精通中医的望闻问切
我精通西医的拮抗协同

关于桃花
只在春天发作的病情
我们的处方大致相同

当我说出
——你命中缺女人

异乡的桃园落英缤纷

虚无之物

我无法用语言复述
梦中的疑虑。堵住我嘴的
是黑洞洞的枪口，还是疼痛的光柱

我终日被这虚无之物
折磨。犹如子弹射出前的恍惚
犹如铁的不知所措

即将远行的猎人，你有自由之耳
但你听觉里什么都没有
那么，森林里古老的忧患呢

如果来得及，反悔
请在扣动扳机之前撤离
直至，子弹射程以外

那么，命中的狙击手呢
永无止息的尖叫
在他们前方，还是背后

2019.08.04

呓语

那些让人朦胧的幻觉
是无根的谱线
射向深渊，从岩层到地心
瞬间的空白让我眩晕
你的灵魂有时是一朵木棉
有时是一朵罂粟
这有意或无意的光
穿透黑暗。我的芒刺
只在太阳的紫色里柔软
不去说爱或者不爱
如果爱，就说
——你看，这无尽的人间
又春色满园

烟花冷

我身上每一处失败
都来自你的失误或错觉
我蒙羞的告白如何才能昭雪
我祈求你缄默

你的舌头只适合告别
那些来自别人耳朵的颂词
如海潮裹挟，迷迭香的香
陷入无边的窘迫
没有岛屿盛放，我的残缺
我的一瞬灿烂

海市蜃楼

凡被手掌抚摸的灵魂，必然沉迷
如海豚的胡须，枫树的叶
月亮的眉毛，水下的蓝天
从镜子里凑过来的脸
晴朗的天空，有时也会遭遇暴风雨
我们习惯憧憬
把那些触不到的美景，叫作海市蜃楼
今夜，我把一半的星空
想象成你的领地
将竹林举起的天，归还给月亮
将大风卷起的海浪，归还给勇敢的水手
而我，仍习惯在夜里赶赴你的盛宴
不敢说痛，一说天空就落泪
我们将无法抵达黎明

风筝误

或许，你早已厌倦这根绳索
曾经系在我和命运之间的细线
手上的印痕还在，余温还在
你说不再用闪光的泪珠
冒充星星，亲吻
我的快乐，失意和忧伤
现在，你只要伸出手臂
放纵我的决裂
纸上的江山就会瓦解
我宁愿坠落大海
连同你的星辰，一起消失的
还有，那些相依为命的过去
如果，我用失踪
成全你。无所顾忌
是不是你想要的未来

七夕十四行

陌生的祝福中，有熟悉的旋律
但都不包含你的旁白

音乐停歇后，修辞里藏不住谶语
——梦中赶路需要勇气

又是七夕，又是乌云压境
屏幕上弹出银河暴涨的汛期

只可惜，水遇见水之前
天桥的悬索，都是等待生锈的铁

只可惜，窗户都没有秘密
冷气关不住七弦琴，沉默地断裂

大地炙热，股市还是熊的样子
“放过我，又拿牛市杀人”

我从喧嚣中辨识出不同的破碎
哦，原谅他们的无情，原谅我的贪念

我们的河流

原谅我，偷窥了
你咀嚼悲伤时的样子
推开岁月的窄门，那是
她镜中的影子

曾经，你们围着虚空而坐
谈论河流的方向
水面上，反射出蓝色
忧郁的味道。时间的手掌里
熠熠发光的旧物是什么

雨后的环岛海域
雾气已失踪，水鸟逃遁于
——界限

我说过，我不会在悲伤左右
除非海水失去盐
除非，你的悲伤大过我

你习惯用一半孤独安慰
旧梦，另一半用来回味
咖啡的苦涩
你说：切入一段音乐吧
余音本是“无印良品”

当你从自制的蓝调里
抽身而去，置身流水淙淙
我只关心——谁在下游帮你
拦截，经年不止的恍惚

安慰

亲爱的，不能再逃避了
你必须面对离别
用曾经撕开命运的勇气

有什么能永恒？
雪花会死亡，星辰会坠落

这潦草的人世呵
如纸上的诺言
终有一天会泛黄，被丢弃

如今，只剩我一个人
怀抱黄昏。落日老去
我也将老去
用旧的手势作别命运

投到水面的幻影
终将被黑夜吞噬和毁灭

拿什么安慰你
难道要用破碎赋予其意义
折叠多时的镜子
再打开，已是满目苍夷

我一直在试图缝补
被生活掏空的灵魂

现在，唯用风打磨一根绣针
在你看不见的虚空处
刺一段经文
无关岁月，无关风情

远山

你是薄雾中侧卧的处子
朦胧的线条与天地混为一体

曾经，我的眼神是雷电
击穿命运直面你身上的荆棘

星光遥远，看不清的表情
一部分是假象一部分是真理

你左右不了落日，我左右不了你
就像圆寂的乔达摩无法掌控生死

不必在意生命中的雾霭
垂下的暮色，才是你致命的叹息

送别

我们熄灭火种
把激情和余恨留在昨天

为了明天继续赶路
有人在准备粮草和马匹

你说，亲爱的
给我一双合脚的鞋吧

路再远，都不会远过我的来路
雨再大，都不会大过我眼里的风暴

虚构

如果你踏水而来。请别卷入
那些未卜的旋涡

我曾用掌纹，为你拨开
水路，很快又被还原

水的固执，让我无措
我囿于命运的深渊

气泡。突围的士卒
失重的灵魂踉跄于水面

你走不出我的涟漪
我逃不过你的巨浪

诚然，没有真正的断杀
一切如同虚构

美丽的错误

我必须赞美已近风干的宿命
是它让我懂得
痛苦也是一种恩赐

如果，时间定格于那个下午
池塘里有三只白鹅
岸边有一树梨花

你的欣喜是错误的指引
不经意的驻足
人间徒生那么多悲欢

我们终将归于尘土
唯愿记住，吹过你的沙尘暴
曾经迷乱过我的视线

花事

我背靠斜阳，坐着
不说话。在某个傍晚
直至炊烟喊我回家
院子里的槐花，次第炸开
几只蜜蜂在花蕊上散步
此刻，我喉咙里
有丝质的甜味滑过
我瞬间被某种东西感动
或许是槐花，或许是微风
好像生平第一次经历
人间美妙的花事

遇见

你用琴弦夹住早晨的阳光
仿佛大师表演魔术

当铜质的音乐沿着太阳的谱线
铺天而来的时候
我用微笑全部接住

这是一种完美的契合
当音乐邂逅魔术，我遇见你

贝斯手，请继续
别问从哪个音阶开始
哪个音节结束

内伤

我很想插足你的未来
可流年里关山重重
在这陡峭的宿命里
我曾那么认真地投入
回报的却是一万种沉默的声音
这越发僵冷的对峙呵
如天空恒久寂灭的星光
无声。无息。无奇迹
面对灰烬
我再一次屈从于命运
背着你吞下火种
用近乎残忍的方式
内伤重重

垂钓

秋雨渐冷。离别辞的唱腔
日趋陈旧
你兜着并不浑厚的乡音
陷入永寂之城

白昼与白昼之间
潜伏着不动声色的夜
记不清这夜色
曾经俘获了多少星宿

只有狮子座，始终保持清醒的姿势
蹲守在浩瀚的夜空
等待两仪交替。用残月为饵
钓下王的江山和我的荒唐

为了抑制骨缝间日夜滋长的芒刺
我决定从梦中起身。赶赴京城
不为应试，只为偶遇
那个曾从笔尖跌落的名字

迄今为止，我仍无法
用热泪烫封，那空无一字的卷宗

秋，已归于它的宁静
一如我的悲情

倘若，此刻尚有余音
那必是你。年轻的身体
潜入深渊时，紧闭的湖水下
瞬间涌动的令人眩晕的战栗

边缘

爱与恨的对峙
是两个不相干的人
彼此认领时卷入的歧途
是夜莺翅膀抖落的星辰
是电话线内暗藏的激流
是冶炼炉里慌张的火焰
是红色装甲车内设置的陷阱
是要死要活的纠缠
是枪支走火时无法抵消的仇视
是前言不搭后语的敷衍
是唇枪舌战后突然的沉默
是地铁到站后哄散的人群
是雪崩时无处可逃的劫难
这荒废一生的爱恨啊
是猛虎，是利器，是末路
是我们每个人

一不小心踏入的深渊

蜘蛛

昨天，我已失去他
如闪电折翅，天空暗哑

那是谁唱的哀歌
深沉的告别，在空谷回响

背部传来的疼痛
——胸口发出的求救指令

蜘蛛在织它的网
风在它的伤口处低吟

我用尽余力，接近黎明
摸索到的仍是一个残缺梦境

蜘蛛还在织它的网
我的爱，已在黑夜中死亡

2018.12.08

白色和轻

轻是什么颜色
是雪，是云，是罗绫
肉身太重
我爱过的事物
都在白色灰烬里复活

灵魂太轻
要经历无数次破碎
才会完整
我要飞起来了
松林里传来大鸟的悲歌
濒临窒息

我哭泣，旋转，上升
在云顶的浩渺里滑翔
像一颗星辰的消失
在灿烂的白光里
在死亡边缘

我不是北冥王的刁蛮宠妃
白的永逝
轻是爱指引的瞬间
我坠落

没有人知道

2019.01.07

与己书

亲爱的，那就
用辣椒就白酒吧

辣与辣之间隔着
两亩梯田
白与白之间却隔着
玉龙雪和丽江水

如果，用葡萄酿酒
它的皮那么薄
它的紫死于什么季节
什么季节就是冬天

可对于你
我又浪费了
一个欲言又止的春天
与流浪猫
交换的春天
你竟一无所知

暗夜

1
喏，帝王
拉开帷幕
纵使你的目光
警世而深邃

如果此刻
你恰好经过我的良夜
请放下你的傲慢
俯首我的青青麦地

监视器还在工作吗
芨芨草已经同意了吗
我的小哨鸽

我该如何暗示你
以动听歌喉
还是迷离眼神

2
我羽翼丰满
如果我降落
就选择你的神秘岛

迷人的香薰令我发晕
此时，我看见一缕光
从我身体里经过
穿过我的沼泽和皱褶

哦，这不是海岸
是深潭
是绝望的处女地

该怎样迎接
你，如此窘迫的夜
该怎样拒绝
你，我局促不安

高空盘旋的你
语无伦次的你

抵达，错乱
此岸，彼岸
然后，我昏厥

3
我惊醒
在你离开的瞬间
在沙滩
一只大鸟经过

它以啁鸣安慰我

以海水洗我
以雪洗我
可又如何洗清
我蒙羞的吉光片羽

蓝色岛屿，孤寂的光
离群的你
大海的忠贞
连同已被玷污的船

倾覆，又悬浮

我以风的样子沦陷
袅袅婷婷
你还以浪花般的嘲弄

4
嘲笑吧
暗夜里偷渡的猎鹰
焚烧吧
野地里潜伏的火种

5
你张开翅膀
我闭合
星光，铜锁，斑斓
还在占用修辞的位置

我是完整的光束

落到水里
你以咒语拨开
我碎裂

6
怎能不悲伤
唯一拿得出手的
我的贞洁

雪降落
白色重兵
围攻你的巢穴
我宛若一只稚鸟
徘徊，悲鸣
在孤岛

7
在某个春天
某个黄昏
我在神的谶语中
找到了你

俊美的你
健硕的你
性感的你
痴情的你
决绝的你

以及，无数个你

汇集成的大海
我的泪目
盛满了你布下的盐

8
我有人类的坏毛病
在没有爱的暗夜
我枯萎
你落下帷幕
我们成为橱窗里
永恒的，寂静的
隔着朝代的
情侣蝶 *

备注：* 金凤凰蝶俗称帝王蝶、绿带翠凤蝶俗称森林皇后，此二蝶俗称情侣蝶，是吉祥、幸福和美满的象征。

夜是多么忠诚

电线上的麻雀多么欢快
它们用舌头调侃春天
用翅膀鼓动风
而我，要用人类的语言
接管这个下午的一小部分时光

此刻，夕阳穿过沙漏

时间的回声，如静默黑白胶片
在喧嚣的尘世缓缓放映
时针停在 16 点 19 分
我开始努力追溯

——那个晚上，我们没有约定
只记得街景林立
鸭脖子和火锅店的招牌
正飞速地退回古代

留声机显示，布拉格城市大雪纷飞
只记得霓虹灯吐着彩色烟圈
在你眼里，我们还有结怨

那个晚上，夜莺一直在婉转歌唱
只记得水池上垂下的蜘蛛
告诉我，夜是多么忠诚

那个晚上，如果你赴约
谙熟水性的月亮就不会溺亡
织女星就不会绝望殉葬

然后，听见众神哭泣
在某个遥远的罗雀时代

戒指

这么多年
我就这样升腾着
用你看不见的姿势
责难挡不住我的呼啸
就这样降落着
直到有一天
我变奏出爱的乐音
附着在钻石的光芒处
成为你指尖上
永不凋败的艺术

沙漠之鱼

刚刚我又撕开毛边诗集的一页
用半日浮生仰慕一条鱼
看它在书的夹缝里游泳
我很好奇
这条鱼如何在树木的年轮里存活
又如何在纸浆的残留溶剂里
保持清醒呼吸

时隔多年
当你也打开同样的一页
你会惊奇地发现
这页纸的背面
我已成为一条潜泳的沙漠之鱼
虽然，我们分别了几个朝代
却可以因为墨香而重逢
隔着一张纸相互倾慕
直到我们眼里
噙满沉沉暮色

凝香

他是一本厚重的书
精通鲁莽定律
她足够野蛮
以其人之道还治其人之身
他们相互设局
又纷纷出逃
她有女人的坏毛病
怀有一颗好奇之心
她总是反复揣度
——那晚从她嘴里逃逸的暗香
不像是烟草
更像是一味凝重的中药

补丁

他们精通卜卦和相面
互为巫师，陷入歧途
在偏僻的旅馆里交换彼此
残缺的巫术
和巫术中失手的经验

如果推算到十年前
她是足不出户的女子学校优等生
他已是混世魔王
注定在某个断刺时辰短兵相逢
讨伐，彼此生活中漏洞百出的敷衍

在这个看破不说破的年代
他们只想用行为求证
——爱是永不颓废的艺术
身体是鼎盛时代的艺术品

手机里的导航播报一再提醒
归程路线已预约成功
从歧路中撤退，迫在眉睫
临别时额头上 38 摄氏度的印记
成为她生活中一枚崭新的隐形补丁

千与千寻

灯光熄灭后
我在黑暗中强迫自己
一定要找到嘈杂的源头

来自身体的
还是，衣服间的缠绕
拉链与纽扣的碰撞

声音消失以后
我再次强迫自己
一定要找到寂静的源头

来自窗外的
还是，树叶间的摩擦
樱桃与溪水的默契

——如果我们相逢
喝一杯夜色如何

这可有可无的问候
多么虚弱的光

我从废墟中找回贞洁
在我醒来之际
在失色的灯火处

隐秘的悲伤

1
是偶然，还是必然
来自异度空间，来自第三象限
我无法揣度。这其中的隐秘
是废墟还是幻境旧址
我所能想象的
只是在这样一个初夏的暗夜
有盛景在眼前晃动
有白发在酒精里返青

2
你如期而来
从大提琴的低音区
背负一宿的殇情
黎明中渐醒的腹语
乌鸦还在展露歌喉吗
你还在采摘鲜果吗
滴血的毛刺球
蒙蔽了谁的眼睛
假装什么也看不到的眼睛

“你终于成了自己的局外人”

3
我所欠下的已经太多
太多了呵
仿佛蚕丝从来就曾不温柔
仿佛你从未爱过
在这明媚的忧伤里
有我赠予你的不舍
有我赠予你的诀别
有我赠予你的灰烬
以及灰烬里复燃的火焰

4
我再一次放低自己
跪倒在经书的梵音里
在圣洁的殿堂
我崇拜过的喜鹊的翅膀
和它们在七月七搭成的天桥
白色和灰色交替
扑棱棱的，扑棱棱的
从未停止战栗
从未停止对神的忏悔
我知道
我已越过人潮
越过无人的空寂

5
我卸下忧伤走向你

有人说我的爱已记录在案
有人说看见你还在等待
等待一个不明真相的未来
未来是什么
是绕过时间的深渊吗
是我和我的和解吗
如果我们永不相见
你是否会责怪
我过于沉重的面具
以及面具后，你察觉不到的
失落的叹息。我踏着潮水走向你
又在秘境里返回

6
我想我已经爱上昨夜
爱上一路颠簸的真理
爱上云朵缝制的鞋
甚至可能呵
爱上王母娘娘手里的金簪
爱上神仙眷侣们
倾力抵御，又无法逾越的天河
以及它们所昭示的留白

7
宿命在轮回里的召唤
无数个结局在苍茫中荡漾
而你的影子，并未与我的重叠

2019.06.04

断章

白色旗帜高于夜盲者的眼力
妥协快于时间
微醺下，你以余情摇晃不朽
以残缺命名爱的绳索

煅烧了几十年的生铁
终于在这样一个万物复原的凉夜
在虚构的纬度里，有无数焰火跌落
宿命论的痛，溢满我的熔炉

该怎样去解构它
形而上的锋芒，削铁如泥啊
达摩克斯的废品，形而下的
暗物质。宝剑没有锈钝的自由
女儿红有宿醉的自由

不羁旅人，吞下夜递过来的毒
界于酒杯与唇舌间，耀眼的
悲伤。顺流，逆流
——谁还记得量子纠缠中
原子和光的引力波

涌动的宿命

狼和烟雾的命运是相通的
仿佛某个时辰的我们
在后退的黑暗中
我看到的不止是光芒和子弹
有一种物质，它射向你
射向松下酷黛和伯拉斯
影子，血，苦难，应声倒下
你是他们的替身，他们是无数个迥异的你
涌动的风暴在白色混沌中弥漫
若不是与你契合，又怎能
与衍生的爱一同冥想
一同悲伤，一同奔赴宿命的刑场

2019.06.07

六月的雨

他背过身去，试图用短暂的醉意
抹掉眼中雨水的痕迹。有人已经缄默

有人唱着挽歌一厢情愿地赶赴盛宴

仿佛什么都没发生。仿佛
车轮下碾过的只是黑色影子

六月，并未落下一滴雨
云层中隐藏的坏天气
是对干燥土地的虚拟问候

——谁压抑了他一个季节的欲望
谁指使了她一个月的欣喜
谁占用着他 24 小时的电话线

她走以后，无人能矫正他的视力
无情的痴情者。不眠的翅膀
扑打着她的献祭夜，隐忍而尖锐的生疼

多么悲催。古老神曲跌进六月雨季
——毫无意义的坚持啊
他的曲调脱离了她的起音阶
挫败的协奏。无雨的雨夜

听完这首《殇》的时候
她陷入更深的绝望
这过于显眼的失落，再次证明
她的悲伤绝不比他逊色

2019.06.26

间谍

在中国台湾的高雄安检时，我排在
“非中华民国护照”队列
当我用手机拍下这古老的词语
招来巡检先生的制止
“立即删除它”
直到他亲眼看到我将这张珍贵的照片
删进垃圾箱。他放心离开的时候
并不知道它还存在于我的手机
我暗自庆幸
我依然保留这句古老词语的使用权
“我对你的爱从未停止”
我庆幸，在爱的忌日里我终于安全抵达
祖国——这片孤单禁地
只是安检小姐比对证件时质疑的表情
她的回眸，以及她意味深长的一瞥
让我心有余悸。仿佛我怀有某种使命
仿佛我是蓄谋已久的间谍
事实上，只有你知道
到你身边躺下，我才是真正的间谍

2019.07.03 改定

逝水

那个下午，我们循着潮汛的频率
找到了彼此
我曾揣度过无数个惊险的情节
比如遭遇海盗、风暴，坠入大海
葬身鱼腹。重生，轮回
或者，在忘川的逆境里遁世

只是在那样一个隐秘的黄昏
一个农家的鱼餐厅
我们带着对生活的不安、愧疚
和经验长成的鳍
以一条鱼的身份见证另一条鱼
经历阵痛，挣扎，死亡

那一刻，天空的倒影里
没有瀑布，星辰的眼中只有鱼
所有的喧嚣销声匿迹
我们失去枪支，鸟类失去飞翔
玻璃瓶里盛不下你的相思

那一刻，我们都是黄昏的故人
不在意东流的逝水是穷途
只记得：夕阳不断向大海投放黄金

我们不断向酒杯里添加多余的激情

喝下这杯落日，我们就是永恒的兄弟

我们在沧海的笑声中，饮尽
叹息——宿命中鲜为人知的瑕疵

不必溯源——
鱼是水的省略号，水是鱼的休止符
越过那片海，我们又是陌路人

2019.07.06

破碎的夏天

你用素描方式临摹
秩序，临摹弧线的设计
作为静物，女人都徒有虚名

你用瓷器盛酒，啜饮
啜泣。幻影中的罗布泊
如深渊，如耳郭，如卷曲的命运

她说：所有美，止于说出
所有爱，止于口舌
她可以容忍酒精的醇度

但不能容忍，觥筹的混乱

酒杯倒下后，空气中弥漫着
毒水银。温度计显示
这个夏天，所有的破碎
都在卷土重来

在你酒醒处，她一无是处
她习惯安慰自己
——不圆满才是最好的结局

2019.07.19

我们的节日

节日，我接不住它
烟火突然降临，或熄灭

天空那么空，想怎么灿烂
就怎么灿烂

失色的秋风，找不回多余的颜色
叶子枯黄，日子枯黄

其实，火焰在你眼里
在我眼里，没什么不同

只是我们找不到共同的仪式
去迎接，去祭奠

你若忆起，我仍在低处
海水那么蓝，你的叹息那么耀眼

2019.09.23

瓶子里的大海

鱼群吞下钩子的时候
你在水深火热中
我坚信——
弯曲的脊椎，逃不了太远

“如果此刻折返
你会伤害它们的回忆吗”

在没有打碎瓶子前
请给我点颜料
我要用调色板自制海水的蓝
我要用沉默，唱出
风暴才有的热烈之歌

在没有失去语言前

放下宿怨，不要在虚幻的城堡中
按兵不动
点上一支雪茄，你要用
诱人的香味款待我们的嘴唇

当我喝下这瓶大海的时候
请给我鱼群的智慧和逃脱技巧

你已是众臣仰望的宰相了
而你仍有习惯，用郁郁寡欢的执念
解释所以——
你绝处逢生的孤独
如谎言，大过海水困囿的营盘

2019.11.05

心愿

那个夜晚，你和月光对坐
成为石头的一部分

有风在林子里搬运落叶
有人在风中搬弄是非

而你，觊觎石头的缝隙
试图用沉默撬动我的命运

南山南

我拖着忏悔从南山撤退
每走一步，便轻松一点

你说“你可以更轻的
把我钉在你身上的芒刺拔掉吧”

每个下山的人，都心怀善意
我确信，此刻你也是

此刻的我们

我们小心照应着春天
照应着这个冷寂的夜晚
如果没有像样的爱情
拿什么来当作悲伤的铠甲

未知的病毒还在扩散
它们习惯躲在黑暗的周围
而我们浑然不觉

我们自言自语
用试探在唇舌上自制风暴
彷佛两个无辜的人
相互磨损着彼此身上的缺陷

这是对生活的盲从
也是对凶险中年无奈的叹息

我大声地说出新年快乐
满眼飘浮着的花冠没有回应
我知道此刻的我们
已经忘却快乐的意义

一转身就会失掉的事物
包括你在歌词里虚设的语气
——欲言又止的泡沫
还没开始就厌倦的欢喜

2020.01.31

交谈

清醒的时候，他习惯用眼神
偷偷打量她的孤独
（我们得使用符号陈述
关于爱情发酵的证据了）

——只有在酒瓶倒下后
我才敢靠近爱
表白有时是一种犯罪
迷恋将被定义为无期徒刑
她说：我与落日已商榷多年
大海才是我们的栖息地
他说：当我奔赴你的时候
你能否将我挽留在梦中
最好的打算是
——在你销毁证据前
我们用战栗完成一次交谈

2020.06.01

给

1
当晚祷的钟声
经暮色导入我耳膜
我决定去江边
看一群水鸟
怎样从苍茫中飞起
又如何在辽阔中消失

2
放弃是一种错过

选择是左右为难的过错
而你的影子是
一错再错的导火索

3
你背过去的目光
如炊烟
领着黄昏的旨意
袅袅婷婷

4
你的沉默
如波澜不惊的江水
一如既往地洗星星
洗月亮
又洗过多少次
我心头难以割舍的荡漾

5
大风吹，吹皱江水
吹散芦花
白茫茫的一片
我宁愿相信这白茫茫的白
就是你失手的表白

6
这世间，让我流连的东西太少
而你的悲伤
是我驻足的唯一借口

7
为了爱你
我决定用芦杆的倔强
拦截江水的东流
不舍昼夜

为了恨你
我模仿以芦花的姿势
顺着风向的飞翔
不问东西

2020.06.11

离别辞

你从我伤口上撤退的时候
我有预感——
这将是一趟糟糕的旅程

麻雀还在窗外嬉闹
栀子花的香气那么诱人
它们与昨天如此相似
只可惜，我错把书上的爱情
当作我们的往后余生

你走之后

没有一片水域值得我湿足
没有一颗星辰会在我眼里生根
当你回到你的孤单中
我就要成为原来的我了

亲爱的兄弟，放心去吧
只是我的嘴唇不再品尝到
你蜜炼的真情。你调制的烈酒
一杯用来践行，一杯用来
祭奠，我们的手足情深

亲爱的旅人，那个挥别的黄昏
我一直担心——
你的双腿会不会麻木
你的右手会不会被风吹得生疼

亲爱的陌生人
当某天栀子花在你必经的路上
再次盛放，我希望你可以
侧身经过，而不是讳莫如深

2020.07.08

复活

某种预感，一百年以后的

故事，已经启动程序
掀开南瓜面具
饱满的南瓜子，它的功效
多于禁忌。哈
谁说它的功效多于禁忌
孤独终老的女人喜爱数数南瓜子
有时，也把自己数进去
现在她正戴着面具
没有目的，毫无意义
腾空的，而不是紧贴的面具
只在夜深人静时，捡起
丢失的词语，向神灵忏悔
她的过去，骄傲悲催的过去
——第九十九个情人
离她而去的时候，她发誓
没有人能活着回去
哈哈，在她的假设里
死亡等同于爱的后缀词
轮回真理般存在吗
她迷恋的第一百个情人
是她下辈子的父亲
哈哈哈，这辈子她只是一粒南瓜子

2020.08.06

白夜

（序：白昼和黑夜更迭，我们交互光和孤独）

曾经我们都是落难者
为了逃脱命运
我们自救，互为绳索
用本能试探良夜

你说你要用你的唇
封住整个黑夜
让所有关于爱的修辞
在我的嘴里窒息

我宁愿跌进这险境
哦，舌尖上的迷幻药
绝色的青玉

当隐约而至的静谧之光
晕染我的孤岛
那个情窦初开的王子
只用轻轻，叩问远方的神

用缄默回答热烈可好
用孤独旋转风暴可好
用我的残缺填补你的虚空可好

我说如果你是我的悬崖
我就是你的深渊
当你俯身向下的时候
我就是你的全世界

2020.08.25

独角戏

舞台开始旋转
雾气围困我
我沉浸于远处的钟声
不紧不慢
正是这钟声
缠绕着茫茫白雾
让我卷入戏中
——看见一只羊
纯白、温顺
或许是你前世的模样
只是我们相隔太远
雾气阻隔我
又成全我
仿佛一场误会
当一滴泪从台词里跌落
瞬间的心痛

责备着我的痴情
——“他有什么邪恶、什么怜悯”
值得你孤注一掷
而此刻，我能听到的是
万物沉默的声音

2020.09.02

信仰
（序：我尾随你的缄默，小心翼翼）

或许是明天
你将会踏上归途
在某个黄昏，与我汇合
用什么可以抵制
冥冥中的安排，不去想
未来还没来
只要你温柔的唇
松开坚固的夜

一直以来，你的行程
被未知掌控
被忧伤的程序折磨
忘掉悲伤好吗
我们一起弹奏东风破
假装我是你的副歌

你是我的主旋律

你能指使梦境
让我只对黑夜着迷吗
不要忘了我是魔术师
我能驯服你手上的鸽子
也能驯服星空布阵
我没有多余的眼睛
欣赏夜空的风景
在布满皱纹的信仰中
除了你的名字
其余都是空音

2020.09.08

黑洞

昨晚梦境中长出的尾翼
把我卡在梦中
逐渐拉扯、旋转、断裂
直至消失的过程
铺垫了我新的一天

这一天，我仍要去工作
完成一天能量的摄入
以及更多天能量的储蓄

未/经/许/可/的/悲/伤

仍要进行肌体的锻炼
为生活的命题做一些伏笔
落款是什么并不重要
重要的是我们可以
互道虚拟的晚安
拥抱不存在的肩膀

梦中的世界真大啊
无数个人在里面进进出出
他们中有很多个你
拉小提琴把指甲折断的你
唱歌要人性命的你
踢球摔跤的你
把军犬养成家犬的你
把玫瑰园打理成废墟的你
沉默、高傲又忧患的你

多么幸运
那个把月光掰碎喂食我的人
有一小部分你
多么悲催
那些说着地老天荒的人群中
几乎没有你
多么羞涩
那个江水微醺的夜晚
你用温柔的唇卷走我的时候
我又回到了少女

2020.10.11

星辰

他们在丛林中狩猎你
在大海里捕捞你
而你终日蹲守
比天空更空的牢狱
你宁愿坠入
一千零一夜的沉寂中
只为寻求
仅有一次的相遇
互相照亮

哦，万千世界中
羞涩的暗物质
没有人看到
你的光芒，我的鳍
摆动的时候
你会唱着赞美诗
迎接那辉煌的时刻
用野狼般绝望的喉咙

眉梢处，我放养的鱼
尾随你的黑夜
已长成大鱼的模样
这些时间的猎物

终会被日子制成标本
悬挂在写给你的诗歌中
而我从不惧怕
因为，你是我的守护神
在海底或丛林深处

2020.11.20

岁月如歌

当太阳又一次滑入
大海。此刻
应该写一首关于青春的诗
不为祭奠
只为曾经熄灭的灯火
再一次被点燃时
在寂静中沉默已久的鸟儿
突然亮出歌喉
当你再次从坟前走过
你会看到
一片叶子正在生长
浅绿的光晕
在你身后，悄然呈现

杂技

悬木的尽头
有许多道不清的危险
我们用眼色调节各种平衡
但是，这样的平衡
通常受支点和距离左右
接踵而至的危险
我无力招架
那么，请告诉我
有没有一种杂技能躲过
世人的目光
而我，却要在这危险的杂技中
挑出花朵
年复一年
一个人的罂粟

离歌

比起去年
布谷鸟和麦子的和谐
这个季节

忙于在纸上讨伐的人
更主观主义了

一把剑经过时
我与影子靠背而坐
在暗处。你的恨
如落入水中的烟灰
浸透的错觉
弥漫整个水域

五月将尽
在人间
我又少了一次
求生的机会
赴死表白的机会

此刻，侧耳
隔着硝烟
你会听到
那故作高亢的
风的悲鸣

残局
我是红，你是黑
红与黑交手刹那
就注定没有结果

我问佛，下一步该怎么走

佛蹙了下眉头
卒子已泪流成河

围观的人群
只看到车马的炮火轰鸣
和猎象的纵横千里
没看到仕女的坚贞不渝
和将军的沉默不语
一切都是过场
一切都是宿命
你举而未落的棋子
是当局者的迷

流浪

我们曾在黑夜里相识
你说，我有孤独和烈酒
敢不敢跟我走？
我说，我有寂寞和忧愁
谁怕谁？走就走

你说，要请佛剪去光阴的枷锁
我说，这尘世禁止喧嚣
干脆用手势来说话
你说，我们停下来喝一口
我用月光为你斟上半杯

你用孤独自己满上

我在春天埋葬过一段爱情

那个春季
我让自己潜伏在一朵花的香气里
向前，向前，渗入玫瑰栀子
你便一眼爱上我

那个冬季
你把自己隐藏在一滴泪的透明里
倒退，倒退，退回江河湖海
我便不能找到你

光阴如剑，割断季节的喉
蝴蝶在南方大雪纷飞
大雁在北方泪流满面
你在冬的教唆下墨守成规

你不懂吗？你的逃避伤害的不止是我
还有我的整个春天
在这个燕子归来的季节
我把花的香气埋进你的泪滴

如果有一天，你路过我的坟墓
请不要哭泣

你会看到丁香花间飞舞的蝴蝶
最美的那只便是我

幻

秋夜微凉，小客栈微暖
丽江的玉河静静地睡

顺河而下，秋风、秋雨、秋海棠
一场偶遇正在虚幻中上演

逆流而上，红袖、红酒、红灯笼
挽住玉龙桥的小蛮腰，晃啊晃

夜，你就悄悄地黑吧
不要惊动我的哥哥上九天

水车上的风呼呼地吹
水车下的水哗哗地流

今夜，我不担心珠帘倦不倦
只担心哥哥舌尖上的迷魂散

回应

这段时间，我生命里有一缕
幽暗的苦恼，终日缠绕着我的灵魂
而我梦里有那些杏花的碎片
是我寒冷冬日的祈盼

我要趁着大雪还没封路
走进你的营房，靠近你
我忧心忡忡的碎梦
用你多情的目光缝合，然后继续上路
你最好是将军，带上我
策马扬鞭，去找寻遗落在
廊桥古道的足迹
还有，被寒冷撕裂的欲望

可是，悲哀并不肯饶过我
如此纠缠，好似暗淡夏夜的星光
若隐若现，于是
我的双手向着爱试探
因为，我想祈求你的怜悯
然而，我热烈的唇并没有找到
你应有的回应

送信的人走了

我们在修辞的火焰中切磋
关于玄学的定义和界限
你没有太多解释
“早年的故技不想再演了”

我们都有卜卦的经验
只是谁也不能准确掐出
流星划过的良辰
和我们再次相遇的地点

夏至将至，那是你的吉日
蚊虫可以大胆叮咬你的身体
你可以放肆把我，忽明忽暗的悲伤
拿出来吮吸。或者

用你的唇舌舔舐。时间的药丸
流淌出，难以割舍的芬芳
你无法自拔

如果我们共同弹奏一曲
《良宵引》，我就是你的，清风入弦
你就是我的，绝去尘嚣

你绕过因果，绕过宿命
却无法绕过我的肉身和罪过

2019.06.05

回信

当你读到恨时
我已全身而退
当你读到雨水时
我已回归泥土

你在信件的结尾寻找答案
我用文字的偏旁表白真心

亲爱的，不用找了
我的坟墓是大海
你所看到的惊涛骇浪
是我喧嚣的告别

2018.04.21

02

第二章

稻草人

个人简历

1
我用一生时间与死神赛跑
无论如何，跑不出自己的简历

2
我的真名和笔名间空隙太大
必须用符号填充
有时是斜杠，有时是省略
更多的时候是一片空白

3
我用简历虚构自己
职称和职务
虚构了我的能力
教育和再教育
虚构了我的学识
年龄虚构了我的经验
政治面貌
这形而上的立场
如性别，虚构着我的清白

4
我一生都在修改简历

从繁杂到简朴
删掉籍贯
我是一个无家可归的人
删掉工作经历
我还原成一名学生
删掉学习经历
我退回到一个婴儿
删掉性别
我回到母亲体内
这逐渐删减的过程
概括了我潦草的一生

容器

命运是个巨大的酒窖
大多时候，我被迫服下
自己酿造的五味杂陈
我曾和种子一起
用无数种沉默的方式发酵
抗争。均以失败告终
偶尔出其不意，与之打个平手
比如在某个黄昏
我把影子和落日摁进剩余的酒水
让燃烧一天的爱恨，和太阳
一起淬火。演练死亡和自救
第二天，浮出水面的又是

一个崭新的容器
没有余恨
这样多好啊，仿佛
我就是那个初生的婴儿

痒

你想象不出那是怎样的幻觉
在体内游动时
有乐章在胸间起伏
仿佛古弦的纤维质地
柔韧，缥缈，无从折叠
它适合与泉水一起
流淌。哦，舒缓的愉悦
从群岚飞出之时
我迷上的不是弹奏
而是余音外的，空气中震颤回荡的
痒——
那种无法触摸，又无法逃避的
忽视它，已无法存活的
温柔之光

原罪

我习惯在老去的路上不断翻新
用年轻的思想武装渐老的肉身

我一直怀疑，这还是我吗
机器的轰鸣如此之大

有些是我负气的咆哮
有些是我折旧的呻吟

此刻，我伸出手
卸下体内禁锢多年的螺栓

锈蚀的零件散落一地
古老的敌意散落一地

雨水赋

它落到我们眼里
就成为我们生活的一部分
它经过每个人的黑夜

就会瞥见我们梦中虚构的深渊

当它突然加速
负重的灵魂再次演练
一滴雨与另一滴雨相通的命运
——殊途同归

当它愈演愈烈
摆在面前的，只剩一场
别无选择的
更为残忍的踩踏事件

涉世不深的水呵，我该如何规劝你
——退回天空
江湖险恶，离开咒语
拿什么超度你所遭遇的人间苦难

存在

昨天离开我们的人
今天，仿佛隔着几个朝代

作为目击者
沉默不语的星辰，自始至终
端坐于自己的命运
用咒语和天光

翻阅着人间的生死簿

——有人还活着
有人已退至石头的岩层
或退至树上成为一枚松果

我们只能从遥远的空谷回响中
隐约辨识，来自山体的不同寻常
那是他们永逝的方式

我们步履维艰，从未停歇
地心颤动。穿越磁力波
——许多事件都在有序发生

菊花开时

1
风路过我的时候
会带来一些东西
比如：白雪，黄沙，教堂的钟声，寺庙上空的经文
也会带走一些东西
比如：黑发，灰尘，积在心底的怨，写给上帝的忏悔信
还有，开了一半的小雏菊

2
矢车菊的蓝、药菊的白、悬崖菊的黄

或纯洁、或高尚、或快乐、或哀伤
这些，足以让秋风染上毒瘾

3
我不敢面对菊花的黄
越接近黄，意味着越接近死亡

4
在菊花盛开之时
我紧抱身体，生怕一不小心
体内的火走漏风声
把你烧成重伤

5
我踏遍千山，寻找风和水的神谕
我足不出户，已经迷了路

网

用细密丝线编织
它的柔韧，它的忧伤

那些漏下的
来自天外的光

落于草上

并非都是仇敌

落在创口上
必是无法触摸的痒

秋风辞

其实，鸟巢一直空着
是什么占据了神的位置，允许猎人
用目光一遍遍抚摸那棱角分明的脊背
夜莺，歌声婉转，笑声凄凉

空洞的词语反复施虐，藏经的楼阁
摇摇欲坠，呼啸而过的枪声
阻止不了一场离别
就算精通占卜术，也无济于事

箭矢之末的力
叫不醒一头沉睡中的狮子
叫不醒一个正在做梦的人
置身事外的蝉
站在末日来临之际，苟且一言不发

游黄山

迎客松隔着薄雾
招呼远道而来的风

我们握着彼此的命运
随索道缓慢滑行

在一根绳索的教育下
拥抱恐惧和尖叫

直至登上山顶自己成为山峰
才发现，人间那么渺小

与山鹰道别，无疑再一次验证
——重逢只是暂时

感冒

我体内豢养过许多雷电
最近在病毒的教唆下蠢蠢欲动
我尝试用多种方法

试图摁住它们的集体叛逆
比如用阿莫西林
比如用止咳宝和蒲地蓝
都收效甚微
哎，还是把它们放出来吧
这些狡猾的困兽
或许咳嗽
是它们出逃的唯一方式

轨

这无限延伸的平行线
是时光张开的双臂

穿越记忆中的腐朽或神奇
石化的思维越发陈旧了

钟表留不住飞逝的时间
尺子记不住丈量的物体

我们习惯凭经验，以为
无尽的远方就是指尖的交会点

多么愚蠢的想象
谁在轨上哭，无缘无故地哭

多么荒诞的梦境
把路还给路，把你还给我

此刻——
“谁在虚空里笑
莫名地笑，笑自己还是他人”

斜坡

我所想到的日子
如童年抛出的硬币[①]
向下滚动的时候
不知道自己
会在什么地方突然停止

或许，被一颗石子绊倒
或许，掉进一个小的泥坑

这多像我们的命运
无论多么高明
都无法预知
推动我们命运之轮的大手
给予怎样的源动力
方向、惯性、加速度
以及过程中遇到的阻力

此刻，只希望有人说
——你看，她在终点时
挣扎的弧线真美
如蝴蝶。扇动的翅膀
戛然而止

①抛硬币：童年时的一种游戏，从一定高度抛下硬币，让其沿着一块砖的斜面滚下，滚得较远的一方具有优先吃掉另一方的权利。

致大海

大海，幸存者的天堂
风在这里徘徊和流浪
心怀另一片汪洋
黑夜的歌声托起千层浪
水在这里活着和死亡

大海，一望无际的蓝色广场
海浪已经睡去
多么寂静的天堂
没有比这更大的沉默了

黑暗中的礁石
守望黎明和经过的微光
扶起一朵细浪
悲伤在冥冥长出翅膀

动用

那群飞翔的鸟儿
曾经拥有一片天空
一片森林，或一片海域

那队悲伤的蚂蚁
已经失去一个巢穴
一条米线，或一片枯叶

那些死去的英雄
仍在守护一座山岗
一个陵园，或一片墓穴

所有这些
——活着的，勉强活着的
或者死去的生物
都曾动用过我的思维
我的爱恨，和交感神经中
历久弥新的疼痛

黄昏

前方已无路
导航不断播报最新消息
其间一定发生过什么
那些苍老的树根
是过多的世故让它们妥协
宁愿与石头抗衡
栈道已损坏
岩石暴露了它的弱点
它再一次顺从了命运的滑坡
无力抓住什么
比如泥土，或更为庞大的
虚幻的地心

同学会

他们招手致意
仿佛失散多年的兄弟
他们拥抱，然后散去

“此去一别，不知何时再聚”

桌上的饭菜还冒着热气
只有凳子的余温能提供证词：
他们曾经相认，在激动的瞬间

二十多年前
他们无所顾忌
相互取笑或抱头痛哭
对着女生吹口哨
用铅笔盒夹住课桌前垂下的瀑布

如今，他们在各自的圈子里
学会了对命运的沉默
是过多的世故，让他们不苟言笑

他们转身，消失于夜色
如一个个僧侣，披上袈裟
遁世于不同的寺庙
手捧经书，侧身回忆之门

浮世

1
再次面朝大海
面对海水的苦涩和神秘
我仍然无法穿越它的身体

面对盐

2
有人在海里求生
有人在海里求死
更多的人在练习悬浮术

我偶尔走水路，使轻功
搏击一场未知的海啸
让厌倦的宿命，铤而走险

3
大海给我细浪
我把它当作蓝调
大海给我巨涛
我把它当作摇滚

世上所有的水
都不止一个容器
不管归于江湖还是海域
最后都会苍老

4
当某天，所有的水悄然死去
世间再无沧海
眼泪成为最后的奢侈

陈设

循着微光指引
在“鸢尾花”边缘散步
穿越废墟，穿越圣地
进入梵高的秘境

这里空气稀缺
抬着面包屑的蚂蚁
对着星空质问——这是谁的
奶酪，谁动了我的图层

当菌体开始繁殖
当人群集体失忆。沉默的人
继续沉默，少部分人开始折返
我回归我的生活

只是，透过显微镜
我仍无法辨识，被艺术放大的
生命，以及细胞上陈设的
人间悲苦

裂缝

护城河苍茫
水在石缝里拓展命运
陆地与孤岛的裂纹
在沉寂中弥坚

是水，是盐，是几百年的痛
凝结成的瘀青

怎能不悲伤
你和祖国之间的裂痕
尚未缝合

怎能不战栗
一次次，吹过台海的风
回溯母亲的心房

不敢抬头。旧时月
如疮疤，悬于谁人天宇

明月

世界不过一水之隔
刀刃上遍布豁口

谁捕获它的光芒
谁就掌握泅渡的真理

明月何其多，水域那么广
是牢笼，还是救赎？

际遇

去庙堂的归途中，偶遇
一个头发上披着星光的男人
站在时间的尽头，等待他的亲人

就在那一刻，我意识到
我的爱如此苍白
如星空下的萤火虫
虽有光亮，但微不足道

亲爱，如果你也是这么想的
请原谅我的虚妄

走吧，走回你的旧路
在命运的拐角处
你会遇到一条属于你的河流

虽然，你暂时无法预知
有怎样的涌动
会在古老的河水中交换

当你抬头，你会瞥见
不远处，一束让你战栗的
耀眼的光晕
那是风，所能馈赠的
她的全部——

一条天启之河。如晨曦
给予大地的神谕

雾

隔着薄雾
我们摸索到彼此的空名
没有形色，没有动静
此时的我

很容易将青草认作麦苗
将他人认作你

这突如其来的荒谬
让我对世界失去了信心
澄明的宇宙变得越发混沌
尽管，所有的真理仍在朦胧中
张开翅膀，神采奕奕

永不言弃

当指甲从身体里伸出触角
我用刀锋将其折断

这个住在世界边缘的家伙
总有一份不甘心的躁动

或许，某种力量一直在暗中使劲
迫使它追求光明

直面命运，藐视死亡
指甲，才是我们体内
钻石般坚贞的真理

——从未停止探索，永不消遁

走廊

现在走廊上聚满了人
他们或悲，或喜，或焦虑
等待一扇门的打开

从世界边缘传来的声音
有时是婴儿的啼哭
有时是隔世的遗言

作为赶路人，我提着灯火
小心翼翼
从走廊的一端走向尽头

当我看清命运
我决定放弃与万物作对
包括走廊暗中所昭示的留白

夜游

潜入文字和夜色
潜入布拉格街区及暗语

我不敢赞许
一只跳蚤对世界的嘲讽
更不敢与格里高·萨姆莎一起
抵抗日趋陡峭的命运

橱窗明亮，霓虹闪烁
但我很难置身其中
此刻，我的孤独、懦弱
并不比卡夫卡逊色

当我从文字中撤退
生活的真相已经变形
我必须用足够的耐心和勇气
等待事物复原

天空之城

——致保罗·策兰

我曾责怪过大地造设的苍茫
也曾责怪过闪电暗藏的刀斧
唯独没有责怪
你——编织死亡的大师

我必须赞美
你藐视深渊、暴力和虚无

虽然，我的赞美
无法匹敌
玛格丽特金色的忧伤
也无从潜入
苏拉米斯灰色的画境

致命的罂粟和飞絮
我赞美，你的不羁
草场不是你流浪的城池
我赞美，你的豪情
天空不是你的栖息地

“奥斯维辛之后还会有音乐吗？”
——对此，我一无所知

哦，死亡如丝般缠绕
我们用它编织黑暗、光明和命运
纵然，你的翅膀
还受困于腐地
我的手指已触碰天际

来吧，我们一起去冲浪
划开旋涡和星星
看谁更倾力
最好能驯服那片汪洋

我们的坟墓终将在那里
无论深海，无论绝境
那记忆的荒岛

此刻，正泛着幽蓝的光

哦，不许悲伤
踏进夙愿，踏进那片浩瀚
如果活着回来
你将是我永恒的船长

潜伏

我曾在夜里哭泣
憎恨遥远且耀眼的星光
以及滤镜虚构的美景

如今，我更是梦魇缠身
那些猛虎，那些蔷薇
——我无法割舍的情愫

我的亲人和故园
我的热爱，繁荣昌盛的祖国
潜入梦境时
剧情先于困境设下伏笔

——活着的经常死去
死去的又经常复活

我被迫从旋涡中惊醒

一脚踏入白昼
梦，并未因此停顿

这悲伤的多梦的中年
遍体鳞伤的祖国
面对不朽时，我该如何掩饰
这梦里多出的情节

落日

我不愿提及的
仍是你的苍老和悲壮
为真理殉情
奔赴夜色抛下的绳索

这世间，浑浊的地方
已经太多

你厌倦了天空
因为它不再明净
你厌倦了山头
因为它早已荒凉

与世故媾和
并非你擅长
面对尘世的喧嚣

多少次失望是绝望

你一意孤行，沉入大海
滚烫的身体不惧怕惊涛骇浪
淬火时的呲呲声，是遗言
——是不屈和训斥

石头

栽倒于自设的锋芒
石头与我冷暖相知

面对苍山和夕光
我抱紧神赐的生存秘籍

是它教会我真理
——沉默的石头都是高僧

如若为顽石
必有圆滑世故之相

如若为美玉
必有谙熟刀斧之心

2018.12.15

美人鱼

历史背过身躯
时光镜头转向地中海
一个美人，悄悄变换了姿势

鳞片上微光闪现
失踪已久的落日
从古文明的海水里浮出水面

海的手掌解开秘密
暗胶片，倒叙，性的微尘
在美人身上种下旧疾

此刻，我听不见她的歌声
而她一直在偷听
异族人的窃窃私语

——待潮水退去，明天
我们用青铜器捕捉那条美人鱼

瓷器

这身上飞出的是青鸟
还是乌鸦

历史最无辜
总被后人端出查究

一面明镜，照出多少钧窑
胸口豢养的麋鹿

弯弓不在疆场
就在圆弧上诵经念佛

有人躲在朝代罅隙里观摩
——那些浮沉之物

它们断面虚白
一失手便是山河破碎

它们边缘纯青
一淬火又是洪炉锦绣

记忆

一段绳索
缠绕的，无非是肉身
无非是灵魂深处
对生活的歉意

夜深人静时
我解开岁月的盘发
青丝，猝不及防
从虚妄的边缘滑倒
跌入季节深处

时光更迭。雪
早于想象抵达人间

撤退，无须箴言
一万种沉默的诀别
如潮水裹挟
淹没清欢和浮世

关于人间
我谨小慎微
不敢妄下结论
关于过去

我学会省略
不再向生活解释什么

——就像此刻的夜空
明月高悬，星宿流光

瑕疵

窗外有不熟悉的嘈杂声
有不胜酒力的离歌
有不知名动物的野叫
楼上的琴声从我左耳驶入
穿过夜色和潮水
返回我的右耳
自始至终
弹奏者全神贯注
并未在意这过程中隐秘的
某种瑕疵。此刻
我与它们格格不入

蚂蚁

不小心跌入的是

一只正在加热的黑色铁锅
它们急切地向上攀缘
如攻城略地
每爬一次
腿脚就断掉一次
当最顽强的那只终于
爬出锅沿
迅速逃离命运
而给灶膛不断添加柴火的人
只是静静地坐在那里
等待火焰之手
从他眉毛中找出
窘迫的急

沙漏

依米花，夜色的遗物
与死亡对抗的证据
悄然呈现的虹
一瞬灿烂。如我们

——侧身绝望之门
被痛苦挤压的裂缝
穿过医嘱，雨天，朗日
一条大路通向天际

——这是全新的解构
这是不为人知的和解

我们被幻觉抛弃
然后觉醒。黑白颠倒
无论躺下或站立
都是与自己为敌

沙游动，如影，如神灵
经过我们的昼夜
被风检阅。扬走或留下
是废墟，是不朽

帷幕

舞剑的人
手指在月下闪着寒光
落叶纷飞
吹散人类制造的尘埃

沙沙声
是夜色在水面上疾驰
谁的灵魂像银子
洒向虚空

亭榭深处

古人在窃窃私语
水袖、宫殿、羽扇
在历史的舞台上发出回声

雅典学院

在这里，无论站立、斜倚
拱手还是垂眉，都是学问的仪式
目力所及，都是庄严和圣洁

师徒间相悖的辩论，穿越立体
墙壁。哲学家们铜质的思维
环佩叮当，响不过寂静的真理

柏拉图，这里是你昨夜来过的地方
当你跨上第三级台阶
走进古典主义的春天，圣母已经升天

当文艺复兴成为时间的永恒
抽象主义的美学，唯心主义的哲学
都在历史的油彩里熠熠生辉

拉斐尔，你的诞辰是耶稣受难日
这不是巧合，更像是神秘天意

皮影戏

白色幕布后
两根线纵横交错
舞动着不同的朝代

谁的江山更迭
谁的美人必将成为
唱腔里陈旧的叹息

千军万马的喧嚣
在历史的幕布上疾驰
影子逃不出
艺人手里的那张皮

如果知道自己
只是兽皮拼接的木偶
戏中人应该把台词说得
更悲戚

无题

我是一条鱼
每天吐出思想的泡泡
我寄出很多信
看上去耐人寻味，却没有地址

那些撕开信封的人
都是撬开波浪的灵魂水手

谁读到海市蜃楼，谁就是我的信徒
谁读到废墟残骸，谁就是我的牧师

断章

现在，时间只剩下一截短尾
关于青春的盛宴
很快将被丢进垃圾桶
发酵直至霉变

我们从未停止忏悔
那些彼此伤害

互为挖掘机的往事

当日趋锈蚀的钻头
潜入深井，摩擦井壁
我们用刻薄的语言回应
用疼痛和欢愉注解荒谬的概念

——我们身体里的天然油田
被世界反复开采
然后被时间缓慢充盈
从未停歇

我们终将枯竭
在暮色踉跄的地平线

哑谜

关掉电视和手机
切断一切嘈杂的源头
包括历史里的枪声
和稿纸上血迹未干的控诉

金鸾一昂首
谁的热爱起风波
烽火一连城
谁的千山落飞瀑

如果我们禁言
人间便奇迹无数

侧影

此刻，从天空飞过的
是一群大雁
它们无所事事
把影子投到湖心
它们想留下点什么
给这个平静的水面
那么，就制造一点动静
用一声长啸
模拟老虎的威风
或者，用一小块石子
砸开沉寂多时的湖面
湖水——这个庞大的胃
可以吞下任何东西
比如，你遇见繁花的刹那
湖面惊起的瞬间涟漪
以及一排雁阵越过水域时
落下的好看侧影

豁口

孤独——
世界留给我的豁口
此处，有陈旧的山妖出没
有雄鹰高歌
有长鞭，有孺子牛
有雷霆闪烁
有罂粟和致命诱惑
有尖锐的疼痛
有接近死亡的快感
有粉身碎骨后
长久的昏厥
这豁口上的余香呵
是成王，是败寇
是东流的逝水
永不沉默

独活

你终于说服自己
表演，一场独角戏

在文字中行乞

假装大醉酩酊
在午夜的街头语无伦次
月色和池塘都在旋转
——微醺的暗喻

谁说寂寞无尽头
狂欢是对众神的亏欠

我试探性地摸索
那些狂欢背后的残缺
从黑暗中取出明亮的部分
——节外生枝

灰烬里的余温
不是你。你的寂寞
都有相似表情
——复活节的南瓜面具

倒春寒

不说冰河世纪已经来临
只说那个逆着行走的春天
给人间带来的寒意
只说江水从芦荻的围脖里

冒出的白色雾气

如果麦苗已经拔节
如果雪花在这个季节飘零

你绝不会想到
这是西西弗斯推动巨石时
沿途必经的劫难
你更猜不出
这是春天与夏天
激烈争论后达成的共识

推测

可以肯定
所有的未知
都是缺乏经验的风
犯下的主观主义错误

——桂籽落在哪里
哪里就是它的故乡
关于这个推测
我并不知情

经过李祖村的时候
风吹桂树

也吹伏在树上的蝉

我很担心
从蝉嘴里走漏的风声
早晚有一天
会传到方氏家族的耳朵

沙发的悲伤

沙发没有敲门，它进入的房间
人群喧嚣，各种讨好和讨伐
有人点名：此处表情禁忌

从一个房间到另一个房间
沙发的处境与客厅的挂钟相似
它移开悲伤的图层，偷听钟摆的嘀嗒声
“所有的悲伤都来自自己”

时间错误，地点错误，场景错误
隔壁的鹦鹉模仿主人
——这个故事很快将会结束

沙发是新闻的忠实粉丝
它从未离开过政治，从未离开过人民
只有那么一小段时间，离开了我

摄像头

我听见对面楼房女孩的哭泣
昨天电梯里的姐姐，今天已变成阿姨

她们没有制造更多杂音和隔阂
有人耽于梦境：触不到的悲伤都是虚拟

哭声穿过明天，她成为一个美丽新娘
穿过卸妆术，她在镜中老去

光从黑暗中跌落，玻璃不再完整
镜头对准更多女人的哭泣

运算法则的碎屑。她们来自古代还是葬礼
多么悲伤，她们在哭自己还是他人

忘机

（序：一粒种子如果没有神的授意，如何发芽，发什么样的芽？这真是个不小的难题）

那时，星星是夜空的种子

沉默辉光，落在时间的长椅上

胚芽的豁口转向寂静
转向尘土中什么也不说的嘴唇

占卜者泄露天机
——种子破壁，就是死亡时辰

我一直相信，夜的黑色眸子里
总有物质在深处发光

虚妄来临前，夜空是完整的
我们都是完整的

2019.07.28

生日之诗

我们习惯用错误的表情
表达未知的病情
用恐惧惊吓过多少人

当成千上万的药品
等候在伤口处
哪种对症，哪种只是安慰
我们不并知情

逻辑学和药理达成共识
如果细菌不停止繁殖
抗生素将不断被新品替代

有人提出质疑——
没有过敏史
仍需做过敏测试?

秋风将至
稀释疼痛的凉意中
找不到真理的气息

“谁的生日，谁将拥有一艘
推动时间的巨轮”
从啼哭中出发，在哭声中沉没

我们在日子之外
等待时间递来良药
——靶向制剂
而不是广谱抗菌的陈词

2019.08.01

年轮

镜中的我
是我亏欠多年的兄弟
当我仔细端详他的时候
他正瞧向我

——从孩童走向盛年
从饱满走向皱褶
他桀骜的表情
并不知道我的歉意

当我友好地伸出手
想与他交换生活中的悲叹
横亘在我们之间的是
发光的镜面
和镜面后悄悄转动的星辰

镜中的兄弟温良、达理
只有一次
我对着他扯断几根白发
他惊恐的目光
充满敌意

深歌

她深深地弯下腰线
像一种蒙蔽
人群中有那么一瞬
短暂的躁动
他们卷入其中
或者，把自己遗忘在
泡沫里
这经久不衰的掌声
像欺世者的歌喉
滑向高音区
她的目光露出破绽
是的，剧情里人潮鼎沸
观众席空无一人
哭腔是她最后亮出的大戏
她用一只眼睛悲伤
另一只眼与世界共享
虚设的荣耀
（在全民娱乐年代）
她未唱出的部分
隐瞒了生活对她的亏欠
如果演技再逼真一点
她就是她了

2019.09.01

我们的节日

斑驳的说辞，穿梭在雨夜
哪里有汽笛长鸣，哪里就有海鸟
敛翅。我们把长风吹响
在微凉的秋意里
欢呼有何用？杯子里空无一物
有谁侧身躺进节日
独自悲伤
难道要用欺瞒众人的烟火
庆祝？酒水里的天空
总有夜色晃动
喧嚣啊，车模的头发
迎风飞扬的，并非都是栗棕
令你酩酊的线条
是萧瑟已久的琴弦吗
我陷入失语的街区
路面板结，沥青色的脸
与这个氛围
构成的图形总有残缺
你说：昨天是拿来遗忘的
不适合纪念。输掉的日子
只在未来有限的交集里
存下一个符号。昙花的一生
恍若醒悟者的苦难。或许

不碰杯，才是节日凋谢的理由
夜盲者挣脱命运的颜色
我们挣脱花开花谢

2019.09.03

我们的河流

——兼致美国大卫·范恩

所有薄雾都是假象
他们把我当成了什么
枪口指向预谋，动作很轻
仿佛一切都未发生

放逐的童年，真相已误入歧途
恐吓与嘲讽都是虚构
事实上，苦难与影子并不重合
它们各有各的样子

当鲑鱼游向大海
当虚空承载我们的命运
阿拉斯加的风带给我们的
何止是战栗

这个下午，船与鱼不谋而合
仿佛水是水的神谕

如果文字在伤口上发光
请丢弃“悲惨”这个修辞

大海告诉我们，船可以顺流
也可以逆流。只是
每次面对鱼，我的愧疚难以启齿

2019.09.07

在人间

是时候了
是时候编写出程序信仰
大数据里没有眼睛
只有隆隆雷声
没有耳朵
只剩或深或浅的蹄痕

他们梭织词语，用力过猛
虚妄——如何治愈变形的嘴唇
她们所说的疼痛
都在泥土里结下果子的前生

是时候了
是时候告诉众神
摘下无香果

等于摘下嗅觉中敏锐部分

在人间，十字架可解救
被妄言麻醉的灵魂
真理可医治
被偏见灼伤的人民
而苦难，从来没有止痛片

2019.09.21

速写

我听到许多赤裸的叹息
都是关于生活的罚单
我曾告诫自己——
在每个醒来的清晨，都应该有所

悔悟。我小心地洗净红薯身上的泥土
刨皮，加水，放入压力锅
拿出画笔，开始涂抹新的一天

当旋转的蒸汽，拼尽全力寻找出口
我对窗台上的鸟儿说
——亲爱的，回到林子里去吧
你说：呲呲的响声多么动听

我不止一次规劝你，离开禁地
而你却执着于自己的歌喉

歌声对于我，只是一种幻觉
——这隐秘的悲伤，无处不在的陷阱
作为当事人，我始终未能躲避
总在此时，每个从经验中走出来的人
都朝我的画框，投下深刻的一瞥

域

那件旗袍曾经在橱窗里
在模特身上
很多女人尝试穿过
都未获得成功
它记住过试衣者的形体
丰腴或瘦削
记住过失败者的表情
渴望或懊恼
当我撕下标签的时候
我知道我撕下的
是她们积聚长久的敌意
对于旗袍，它感激
这场际遇——
从一个呆滞模型挪移到
一个鲜活灵魂上的

全部意义
对于触摸过这旗袍的眼神
我怀有深深的歉意
——原谅我，带走的
是那么多女人想象拥有
而被命运消耗的曲折部分

十月

当体检单隐晦地提醒
——她是自己的孤独星球
也是妥协与抵抗的共同体

十月已来，十月即将离去
她不再有勇气
依赖金色的钟表度日
控诉，黑白颠倒的生活

她转身走进镜中
触碰到水银上的斑纹
兀自伤悲——只可惜
昨天，亏欠自己已经太多

她盯着日子的停顿处
惊奇地发现
大风抄袭了沙漏的咒语

——时间是深渊
谁能把这消逝之物救起

涉

我偏爱微醺
偏爱雨
我偏爱布拉格街头的霓虹
我偏爱废墟胜过梦
我偏爱弧线
偏爱圆
我偏爱古旧的空间
我偏爱未经允许的介入
胜过伪装的自由
我偏爱孤独
偏爱黑
我偏爱被海水遗忘的岛屿
我偏爱沙滩上的脚印
胜过飞翔的鸟群
我偏爱突如其来的问候
胜过经年寒暄
我偏爱地铁
偏爱书
我偏爱文字里圈养的
一小部分虎

我偏爱没有开始的航线
我偏爱寻索
胜过真理
我偏爱从钟表里寻找好人
胜过时间本身

泡沫

她习惯躲在酒器背面
为消逝之物悲泣
透过泡沫

——那些鱼群、楼市，以及
形而下的欲
哭着，笑着，疯癫着

她的感官开始弯曲
哦，不知疲倦地纠结

——这五颜六色的悲伤呵
豢养了谁
引吭高歌的顽疾
又遮蔽了谁，渐长的拙劣

鸟笼

它们羽翼丰满，尚不能辨别
绝望，崩溃与墓碑的关系
每天用喉咙祷念消失的母语
用胸腔中剩余的激情
歌唱——

哦，美丑共享的时代
抹不掉的黑暗之斑

它们抬头，环视或闲散伫立
从未怀疑梦里的自由
与此处的窘迫，有何迥异
这些终日困囿于形式的物种
把悲伤当作隐喻

不再挣扎。谁是隐身人
谁是最后的叛逆者
烟灰色的天空没有答案

当某天，自由之神将锁撬开
把金丝或者银丝砸坏
它们或许已经忘记
曾经经久不息扇动的翅膀

正日日被风挟持

如何不悲哀——
当天空的鸟迹归于零
羽毛归于沉默

那么，吉光的原始本能呢

当日趋愚钝的我们
失去飞翔
夜色降落，笼子降落

佯装

对于艺术，他是性冷淡者
黑，白，灰
他习惯用这些底色画出一个个
热电站。致命的引擎
突突突的声响在他体内晃动
影子在血液里疾驰
一地的月光碎屑
他放弃了给鸽子喂食
就像今晚，他放弃了语言
在八分醉酒后
他打死了书上的一只老虎
对于林子里的那些

他只能日日梳理它们的简历
罂粟壳，冰块，波浪
有什么用呢
他抱着一串钥匙
用脚踢破了老房子的门
在这个到处都是美人的时代
他做不了自己的英雄
重回悲中
模仿艺术家的披头散发
他说：大风不止
他将无法看清赝品的面目

客厅

我说的是一个长方体或不规则空间
一个封闭糟糕的盒子

这里有沙发
有来自新闻播报里落选的政客
和他们嘴上的权力游戏
有来自伊朗和伊拉克的战事
和非洲难民坐在地上偶尔露出的雪白牙齿

有时油画上的丛林会淡出视线
用人恰好端上奶酪和吐司
有时太阳的反射光会穿过水面

直接跳过钟表的凸面，陷入深渊

我说的这个空间
它属于一艘巨轮，绝不会撞上冰山
它是报纸上的小说家
虚构的故事情节里一个乞丐
睡在桥洞里构思的图纸

——它是如此遥不可及
又如此贴近命运

如果，乞丐兼职设计师

稻草人

是谁不小心卷入流水
让宿命沉浮，让时间散发金光

河流上晃动着死亡的影子
对于不朽，谁都没有发言权

当万箭穿心的疼痛，归于寂灭
灰烬便成了你，你便是菩萨

风吹向哪里，哪里就有鸟兽成群
那旋转不息的推动力呢

在轮回里，万物只是一个原点
幻生幻灭，无始无终。明月高悬

看那——苦海上行着来来往往的船
深谷里传来陡峭的回音。你一挥手

人世间便挤满愚痴的稻草人，而我作为其中一个
始终站在起心动念的边缘，患得患失

悬崖

你可以跳过这一事件
假装没有直觉
在未来的某个时辰
回过头来听，缰绳风化的
声音。时间在碎裂
马背上的爱情在衰老
鬃毛里，岁月生出无数只手
勒紧睡梦中的，死亡
反复逼近。每当你与春日并肩
在骑术中，你满怀期待的
悦耳的嘶鸣
与发动机的尖叫如此贴近
危险总在寂静中
窥视你。命运对你说

——放心吧，我只是用陡峭
装饰悬崖
你可以一脚踢开梦境

2020.04.19

界限

他收起羽毛，兀自钻入
悲伤。屋顶上的一小片月光
加入进来，这来自古代的
镜面。照出他嘴上新生的怨词
他病得不轻。六味地黄丸
——治疗阴郁的良方
让世界变得安静
他变成雕塑，卷入思索中
体内的大风扑打着眼睛
噼啪作响
这么多年来的不公
愤懑和苦楚，不断放大
他忍不住泪流满面
此刻的月光
缩减成悲伤的一小部分
潜伏到他的记忆中
——这个夜晚

包含了他以往所有的夜晚

2020.04.25

铁匠铺

我日日都在生锈
用静音模式，抵制钟表的嘀嗒声

偶尔路过铁匠铺，见证
锋芒的诞生（生活给出的命题
只能用即兴创作完成）

叮当作响的声音约过我
“你不知道那会多么绚烂
从未有过的体验”
——比采石场更持久宏大

我一生都在打铁
有时我是铁匠，更多时候
我是铁，遍体鳞伤

直到有一天，我以铁的姿势
躺进熔炉，听自己熔化的声音
——用沸腾的尖叫

迎接另一个我的诞生

2020.05.12

不朽

当那些期盼良久的词语
从你的笔端逃脱
（爱上我，等于爱上忧伤和不朽）
我知道，我已没有勇气
打开信件，确认你那里是好天气
还是暴风雨
不止一次，你规劝我离开
沉默河流，投入大海
而我仍固守自己的经验
——没有人能劝导我喝下
你调制的咖啡或烈酒
虽然，我们的梦总会在某处汇合
当猫的叫声划破黑夜的寂静
你遗落在梦中的誓言
又会在斑驳的河水中浮起
只是割草机突突的声响
扰乱你的悲伤
——我给不了你未来
就像你给不了一棵青草的明天

青草说：重生

2020.05.23

影子

它所呈现意义是什么
对于黑暗的认同
还是被人踩踏时的沉默
当主宰大地的神灵在夜空漂移
当难以预料的苦难
躲在时间背后
它的亦步亦趋，有时传递
身体反射的嫌弃
不经意间给予它的致命打击
“无欲是神圣的”
谁可以做到不离不弃
我对它说：唯有你
热情歌颂犬儒主义的影子
治愈人间孤独的良药
才可以在光源消失的时刻
阐释光明的全部意义

2020.05.25

麦子熟了

我是偏执狂
饱满的身体里
住满了白色月光

我有妄想症
馒头、面包、酒是唇齿间
流连忘返的体香

我有过麦芒的一生
锋利、多刺
我的软弱从不示人

2020.05.30

交谈

在这里，人群随鱼群摆动
带着彼此的大海，回到童年
一个人成为另一个的鳍
一个人成为另一个的尾翼

当灯光秀在旋转中戛然而止
他们仿佛群体失忆
瞬间成为沙滩上的鱼
等待海水再一次把他们救起

整个过程，他们没有说话
只用影子在地上重叠时相互致意

2020.06.01

他在原地走来走去

布拉格小镇下雪了
高压线、低压线被白色占领
通信系统的突发事件
——被幻觉控制
卡夫卡困在甲虫里
他在思想上留下的刀痕
比佩索阿更为深刻
萨姆沙还在推销他的旅行吗
那个去往便利店的人
嘴里一直念叨
——一罐啤酒，一打火柴
一颗子弹，一支口红
他醒来时，父亲正在修理钟表

他理解时间消逝的意义
就像理解死亡是上帝设置的程序
他在原地走了十个来回
包括九次生离，一次死别
他说：只要一点儿信心
——他就把荒诞推销给自己

2020.06.05

点名

讲台上的人用纯正方言
卖力地表达他虚设的不满
台下面面相觑
——他的方言太方了，如天书
“到我了吗？到我了吗？”
很多人窃窃私语
我把耳朵提在手里
举过头顶
钻进惊涛骇浪的声波中
“到你了，举手，举手”
这场逆风之旅
在同桌的提醒下结束
我第一次如此认真地听课
第一次迫切期待与自己的名字
相逢，却在提心吊胆中

完美错过

2020.07.26 14:30 于泰州天德湖宾馆报告厅

枷锁

当春天说出苏醒
冬雪正在加速消融
当夏天说出风
玉兰花正在卖力摇头
当秋天说出冷雾
枫叶正从红色警觉中撤退
当冬天说出白的意义
飞机正在高空盘旋，寻找着陆地
当草木从季节边缘
说出枯萎
悲哀开始复活
当我伸出又缩回的舌头
被沉默卡住
你敢不敢穿越俗世
与我重逢
在这个表情冷漠
内心兵荒马乱的年代

2020.07.30

向日葵
——致梵高

辞去商行经纪人、矿区传教士
神情沮丧，朝自己开下最后一枪的是
他的第 15 朵向日葵
3 朵，5 朵，12 朵，14 朵，15 朵
曾经每一朵都是他的故人

本以为高更的到来
那个叫阿尔的孤独小镇
会在黄麻画布和鲜艳颜料中永恒
事与愿违，高更没有留下
他知道，永不抛弃他的只有疯病

他吞下时间，吐出烦躁的分歧
太阳在麻布上褪去激情
变成灰烬前，他是燃烧的
烈焰，只是岁月使他越发暗淡
在炎凉的边缘
世态冷却成粗粝的沙子

无论是阿姆斯特丹，还是费城
我们知道，站在那些神秘的画布前
只有眼神是被允许的高贵光源

而闪光灯，终究是那么轻佻
它们折损的不是艺术品
而是无从修补的友情

2020.08.06

椅子

博物馆的椅子因世代相传
吸收了太多的家训
礼仪和规矩
更加持重有分量
一个人走过来
一群人走过来
没有谁坐下
他们只是路过椅子
在空的椅子上
有前人留下的苦难
那是时代的灰尘

2020.08.10

九月

当时间的齿轮辗转于更替
触碰这个世界
每个声音都在叙说
幽闭，仿佛密室的喧哗

日子舒展，又缩成一团
直至黑夜偷偷拉扯白昼
得寸进尺，平分秋色
而我们宁愿逃遁于长长的夜

是谁在接受秋风的鼓舞
哼着民谣深陷迤逦
是谁在伸手不见五指的梦中
逃离现实忘记秩序

什么在坠落？速朽的爱
沉默，还是假唱
——在季节的转折处
我们互赠皮毛
遮掩心照不宣的凉意

2020.09.25

清秋

——写在张爱玲百年诞辰

你不要把自己锁在秋天
你要去瞧病
乘地铁 1 号线转 2 号
然后回爱丁顿公寓
你可以待在阳台看红尘
看电车铛铛的未来
不可以把爱情看成剧本
那暗合的危崖太陡峭
不可以看不开
焚香或许能化解窘境
在这个时节
你有二两枯荷可以入药
煎煮、滤渣、灌服
真的，只有这样
你旗袍上的花朵才不至病死
只是，你要小心
那无处不在的跳蚤
从上海到洛杉矶
在奇装异服的真伪里
从未放过你的身体
它们——
“表面上无不激烈地唱高调

骨子里还是唯物主义”
当西木区的行军床
经历一百八十次的搬运
唯有无边的痒
撕扯你的孤寂与落寞
当低到尘埃的爱情
如虱子，从赭色旗袍上脱落
我只能在这里反复阐述
我的叮咛和惋惜
此刻，隔着朝代的我
端坐于你爱过的悲凉之秋
终究只与你神似

2020.10.03

迷雾

站在雾里
用听力无法辨识
鸟兽、虫豸中深藏的暗器
比如豹子的眼神
比如老松树落下的银针
需要放慢脚步
才不至有所闪失

把自己写进

错综复杂的故事中
平铺直叙似乎不难
如何从转折处抽身出来
删掉多余部分
直接跳到完美的结局
只能依赖假释
但需确保逻辑合理

而我们，常常困于自己
虚构的险境中
焦躁、恐惧，仿佛进入迷宫
直到太阳唤醒我们
把听力从茫然中解救出来
我一直在思索，在生活现场
是耳朵还是眼睛
遮蔽了真实的我们

2020.10.15

风继续吹

那个在秋风里打坐的人
嘴里念叨着什么
《金刚经》的梵文无须释义
秋风吹过的神话
印证了麦田怪圈的离奇

“因为荒谬，我才去相信”
风继续吹
今年又换了释义
有人刨根问底
——它，目不识丁
凭什么翻动我的经文
“非说所说”在暗中较劲
仿佛凭借文字的分量
就能打败风的轻佻
秩序真是万能吗
是谁创造了它
“风吹开案宗，它便获了刑”
你看到的这阵风
是不是多年前的那阵
焦躁、谦卑
但无从考证

2020.10.19

星辰

无论多么高贵，失重的身体
遇到危险都会逃亡
影子躲进黑暗
从这场梦遁入那场梦
但是气喘吁吁的身体

从未跑过茫茫夜色
而灵魂（身体里流动的熵）
它会发光，如星星
放荡不羁
它是鸟，是自由的附体
飞翔是它的本能
它有逃离黑暗的小技巧
但无论离开多久
都能找到寄居它的笼子
只要肉体存在
它都会归来
在火光中噼啪作响的
应该是它的精华部分
“拯救孤独，必然抛弃星辰”
在无信仰的国度
灵魂所面对的是无垠的空旷
除了肉体，其余疼痛都是虚妄
当你的感知觉察到窘迫时
你的灵魂开始孤独
而拯救你灵魂的，必然是
另一个肉体
这是罪过，也是救赎
此刻，灵魂站在笼子外
觊觎众生。它正用鸟语
讥讽人间短暂的欢愉

2020.10.20

大米

如果从米里得到了虫子
鼠的痕迹和汗水
那么，是否可以说
虫子热爱大米
老鼠爱它，我们爱它
可是它看惯了虚假
看破了赞美
（稻花香里说丰年）
如今，它只爱镰刀
爱锋利，爱看稻子
被割下头颅时的快感
烟熏火燎的黑土地
掩面而泣的厨子
我爱它，如爱自己
它的洁白和柔韧
是我止于说出的一切

2020.10.27

青鸟

我们都是孤独星球
自转或公转
指引着我们前行
相切意味重生
外离意味死亡
我们透支光和身体
（第一次哭泣）
在某个轨道节点
碰撞时的火花多么炙热
熄灭后的沉寂就多么恒久
众神已被燃尽
孤独的星座从夜空撤离
——我们即刻寂灭
（第二次哭泣）
我们误解了时间
误解了宿命，曾以为
——青鸟飞向天空
是因为星辰

2020.11.15

礼物

我不断用鞭子抽打我
寂静的思想，从这些思想
掉落的碎屑中，我熟知
一部分是反叛，一部分是前卫
它们辩证地存在
而我作为自己的律师
醒着的时候
不是在为反叛申诉
就是在为前卫辩论
但当我睡去
沉重的眼皮覆盖了这一切
在梦中，我用不可预知的未来
摧毁我无望的过去
但我清晰地记得——
你说你要用红剑保护我
而我手中紧握的鞭子
不知何时已被你
缠绕在思想的醒目处
成为我陈旧生活中
簇新的信条

2020.11.21

03

第三章

雀舌

雀舌

水泊梁山就是在舌尖上崩塌的

光明啊幽暗啊
在那个麻雀作为信使的年代
总在剧终反目成仇

我用夜色蒙上眼睛
纸上的灯火、仇恨、硝烟瞬间熄灭
世界又恢复到古老的宁静中

我开始用脚趾思索
——这个夜晚与前朝的迥异

历史里的好汉与我何干
窗外的风声与我何干

诊断

如果以枪支整齐排列
那必是天空灰白

无鸟迹可以推动年轮

如果以鲜花整齐绽放
那必是天空湛蓝
有风车可以旋转星辰

倘若此刻
谶语——正好从枪口经过
这里的天空必将有
吉光永逝的叹息

谁用酒精引燃舌头
必将瞬间如鲜花枯萎
谁用空杯饮醉人间
必将长久如风车孤独

子弹的思考

鱼儿在思考河水的黑度
麦苗在思考钢厂烟囱的高度
小偷在思考警察的速度
妓女在思考政客钱包的厚度
罪犯在思考铁窗的牢固度
……

律师在思考法律的弹性度

老鼠在思考如何与猫做游戏
我以子弹的身份在思考
第一颗该射向谁?

手艺人

骨科医生和木工都是手艺人
一个在身体上敲敲打打
一个在木头上敲敲打打
木工的技艺更高明
因为，我们从没听到木头喊疼

袖管里的交易

从人群中经过
买家卖家都不说话
他们用眼色确定场所
主人抖一下袖管里的风
耷拉三年的袖口
此时开始说话
拨弄一下指头
就完成一次叫卖和还价
至于成交与否

牦牛管不了这么多
它们只是继续吃草
仿佛易主这件事与它们无关
生死与它们无关

姿势

从老阳到少阴
无数只蝉，伏于黑白间
叫嚣着它们的末日

秋，已迫在眉睫

蟾蜍走下祭坛
陷入棋子密布的阵列

局外人总在附和
——弃车未必能保帅

失语者的忏悔
如花鬘，仓皇遁世

两仪交替，四象更迭
太阳与太阴，刚柔相济

——阴阳不测谓之神 *

伏羲用圭表点化谶语
在虚实对峙中，道破天机

* 此句摘自《素问·天元纪大论》：故物生谓之化，物极谓之变，阴阳不测谓之神，神用无方谓之圣。

渔妇

告别苍穹，落日
归于无声的回应。漂浮
于海上。渔妇们倚着船舷
小心地讨论坏天气，男人和海浪
避而不谈每天都要
经历的搏击，和死亡

蝉

再次写到蝉
写到它突兀的鸣叫
几度沙哑，几度失声

我无法轻视它的存在

这近乎疯狂的喧闹
让白昼不像白昼
黑夜不像黑夜

怨声载道，已无清静地

我再次陷入“蝉局”
——它到底在替谁悲愤
代理发声
反复喊出命中的冤情

悬崖

它只强调深渊的神秘
从某段路中走失
经过它的水
低处匍匐的事物
像某个沉默的哲人
从不轻易开口
只在危难之际给予警示

终结者

这来自火星的欢迎仪式
——异类，死亡之旅的探险者
它们穿蛇皮，捕杀人、鸟兽、钟声
它们枪法很准
监守自盗的掘墓人
末日在工业革命的弧线上滚动
狙击者的壮语淹没
赌徒们的忏悔诗，晚宴上的泥石流
有人举杯庆祝——没有孩子留下
没有人类留下
到处都是子弹的敌人
到处都是钢铁汇成的污水
到处都是无法降解的尾气碎片
蛙鸣和鼾声在梦中完成赛事
终结者喊出清醒的遗言
——该结束了。谁是未来法
谁来安慰失声的佛

冥思

中美贸易战因 G20 峰会中场休息
隔岸观火人暂时消声
有人停止揣度，有人继续使小性子

有人在黑暗中偶遇一丝光明
那是上帝之手打开的魔镜
折叠的光芒中，悬浮着和平的微尘

沧浪在哪里，哪里就有泡沫飞舞
雨水在哪里，哪里就有乌云压境
虚空在哪里，哪里就有存在的暗物质

六月的风不会袖手旁观
乌鸦已经预言——

从天空砸下来的不是真理
而是威胁定律。有人在朗日
等待暴雨，或更为勇敢的枪声

2019.06.28

七月的沼泽

对于炎夏的拷问，发声的蝉
不会袖手旁观。群体的
引发耳鸣的物种，被迫卷入舆论旋涡

抗议者已看清镣铐的轮廓
一双，两双，无数双黑色的手
正从泥沼里艰难地举起

七月，未经分类的垃圾正在发酵
网游者的装甲车仍在轰鸣
抖音节奏绑住痴迷者的脚步

七月，扫黑除恶的标语贴在醒目位置
巨婴们的口舌依旧肥腻
“学伴”的黑色旋风失去幽默

七月，初醒的弓箭射向蒙蔽
堕落者还在堕落，愤怒者还在愤怒

更多的人，如哑默的蝉
在七月的沼泽里，越陷越深

2019.07.13

叙述者

他们看着杯子发呆
一只透明容器
尘埃和雾气绕着羊奶
更多的乞丐坍塌在古代
衣衫的褴褛，贯串了整个过程
魔术师从红色丝绸中
取出道士，羊群，鸽子
受难的马匹
铁匠铺的火光覆盖了
灰蒙蒙的天。他们看不见
火星上凹凸的表面
埋着人类的羞愧和良知
曾经，泪液浸泡过的橘皮
在这里被烤成皱褶
老乞丐醒了
他喝下一口雨水
又把杯子放回嘴边

墙

当一面墙倒塌
当铁蒺藜路障变成铁丝网
枪林弹雨，指向黑色的绝望
有人看见，无数个尝试者的人头
从世界橱窗的泥土中探出
民主，铁幕，联邦
又在作怎样的敌对与反抗
当一群人倒下
此刻，有什么禁令
能阻止自由者的翻越与逃亡
纳粹者，看呐
罪犯在唱着镣铐之歌
他们的影子还在
柏林，那片焦黑的土地上

病毒

无论冠状、球状，还是带状
作为病毒，它们毫不例外
都会占据蛋白质外衣的黑色部分

与白细胞和淋巴细胞为敌

昨日，当满屏的冠状生物从
武汉的高铁站、地铁口、飞机场逃逸
流窜于祖国各地
作为寄居者
它们有自己斑驳的一生

我担心的不是病毒
本身，而是疫情
和疫情中不知所措的人民
这些移动的悬崖，随时都会
倾轧，蛋壳一样的家

2020.01.21

恶之花

我听到的不同寻常的声响
来自狗吠，鞭炮和年轮滚动
来自四面八方的人群
他们原本只有一个共同目的
——迎接新的一年

当一个个关于花冠的隐秘消息
从这些声响中炸裂

一朵花被复制了
无数朵花被复制了
更多的，还在复制的路上

它们扮演着因果中的蝴蝶
扇动着报应的翅膀
试图制造山体滑坡
或更为惊险的火山喷发

此刻，除了稻草人
所有人都是战士
用口罩与病毒周旋
或者，把自己关进笼子
与天空和鸟兽隔绝

我们全副武装，屏住呼吸
只为让罪恶的种子尽快失忆
让它们回到属于
“花冠”这个名词
所赋予的美丽和初始部分

2020.01.25

原谅

窗外的麻雀，欢快地

从这根电线跳到那一根
当我察觉到，它们弹跳的弧度
以及在空中晃动时的迟疑
我原谅了它们

当我打开
某个肺活量测试软件
庆幸自己能轻松地对着窗户
呵出一层雾气
此刻，千里之外的灾难
让我惶恐和不安

我看着地图上的千疮百孔
由最初的白色变成猩红
那些从夜空中永远消逝的星星
对应在地图上
无数个渐次暗淡的光斑

一想到这些受难的人民
终将成为历史书里的
一个数字或省略号
我为含混的隐喻掩面而泣

我的疼痛弱小，不忍复述
瘟疫对大地所做的一切
我的悲伤巨大，不能原谅
物种间的仇恨
无知、杀戮和报复

如果此刻，空山原谅惊雷
六月原谅暴雪，我将原谅我

2020.02.18

无的放矢

看不到喉结在滚动
只有嘴巴——
这个时代的利器
挑食，反对自由主义
挑衅，支持浮夸风格

布衣巷的颜料调制后
是清一色的蓝
鸟雀在户外描述的天空
比蓝色更蓝。鼠标

点开鼠疫乱世，它们白天都在
死去，夜晚开始重生
黑猫写下遗言——
某月某日阴
猫眼隐于闹市，本无目的

有人唱旧戏，穿长袍
扎辫子，擅长古老兵器

用口号装饰墙壁
用宽大帽檐遮挡天日

——还在继续
车轮驶入历史时
只看见，大地冒青烟
天空落刀子

2020.05.08

麻雀之死

我看到的影子来自窗外
焦躁的鸟鸣，落在空调主机上
充满爱意或悔恨的眼神
我已记不清楚
只记得隔壁健身房
一只小麻雀躺在地上已经多时
不远处地面上的鸟粪
撞碎的羽毛、墙壁剥落的粉末
证明它曾经经历过的挣扎
是那样激烈和绝望
它的死亡
证明玻璃幕墙是有罪的
那个上午，南环花苑
一个小男孩躺在地上的姿势

与这只麻雀何其相似

2020.05.29

话筒

我对着你笑，对着你哭
我戴黑色丝绒手套
早晨我吃着东风
晚餐还没着落
中午对着你装腔作势
发表演说——
如果明天还没有面包
将会多么懊恼
你是一条沙漠中的鱼
你的眼珠不再转动
你看不见我嘴唇猩红
看不见我眼里的风暴
可我知道
你血液里的盐比铅汞还少
亲爱的金枪鱼
是什么让你这么快死掉
是我红唇上溶出的颜料
还是烟囱上方长长的黑色问号
是赞美的语言过早衰老
还是文明中泄漏的毒药

看呐，我戴着黑色丝绒手套
我假装清高
你用死亡警告我的时候
我对全世界宣告
我不是清高
我是在羞愧中祈祷
——请还给沙漠以绿洲
还给大海以碧浪
还给天空以蔚蓝
亲爱的鲔鱼，我的演讲结束
我抹去口红
我脱下黑色手套
你以热烈掌声
还是以沉默拥抱

2020.06.14

提灯的人

不能用手，必须用额头
才能稳住那么多焦灼的目光
和黢黑的脸庞。在低处
前仆后继的是工友弯曲的背影
和轰然倒塌的人生
当他们挖出的黑色金子
被运至发电厂

成为铜线内的光明使者
人声鼎沸处
那些用生命提灯的人
因与泥土太相似
而被遗忘

2020.07.04

时间书

“磨剪刀，磨菜刀”
这叫唤从窗外经过的时候
我正在喝咖啡
磨时间。我低头看见
杯子里的飞机

已经逃离。彩虹堆砌的
泡沫被余音震碎
窗外，树枝伸出皲裂的手
捂紧身体上
最后一片落叶

过不了多久
大雪将再次光顾人间
或许人们已经忘记
美国总统竞选时的

摇旗呐喊或相互诋毁
但不会忘记疫情中
被放任耽误的数十万尸骨
此刻，俯身大地
你会听到从岩层里传来的
此起彼伏的磨刀声

大地每年都会长出
许多新人类
天空每年都会造出
许多新雪
只是它们太年轻
不懂鱼虫鸟兽为何害怕
刀子的寒光
也不懂大雪融化后
山川草木流出的滂沱泪
只知道押上一生的赌注
将自己作为礼物
呈献给这个磨刀霍霍的人间
而时间终会化解一切

2020.11.28

04

第四章

沧浪之水

在凤凰山，万物皆是佛

走进紫阳观，请三柱香
拜天拜地拜佛。请三个愿
上有老是福，下有小是福，平平安安是福

拜山，即拜佛。面朝须弥
肉体与灵魂接受洗礼，我如芥子——
放低姿态就是放下执念
唯善因，方能修成正果

大道至简，化缘或布施
当刻骨铭记——
一滴水是大恩，当涌泉相报
一粒米是大慈，当倾囊相助

向生，向死，向爱，即向佛
无常即是常，自然即是道
坦然面对得始终
真心本性得恒久

在凤凰山，万物皆是佛
虫鸟曰：一步一莲花
草木和：一土一如来
退一步海阔天空，退万步我即草木

水深波浪静，夏鱼夏虫不语冰
我须学习鱼虫的生存之道
潜入鸭绿江修炼真功
攀上凤凰山祈求宽恕

乌托邦地图

我以一只青鸟的姿势丈量天地
穿越地、穿越水、穿越火、穿越风
参悟万物之本色，搜寻水之源
供奉粮食、水草、羽毛、貂皮和苦地丁

黄河之水哦，如果太阳被巴颜喀拉山藏进身体
冰雪不再消融，你拿什么与四季抗衡
长江之浪哦，如果月亮被唐古拉山摁进石头
冻土依旧沉默，你将如何与时间匹敌

我从下游到上游，循着白骨和马粪
一路飞行，祈求神灵护佑
筑路，造桥，修隧道，建高铁和寺庙
历经十八弯和八十一难，平安抵达，功德圆满

我用土和水绘制图纸，装订成色彩斑斓的扉页
衔来一枚流星盖上骑缝章，寄送乌托邦收藏

在润德菲尔庄园（组诗）

沧浪之水

如果爱
我会爱上今夜
庄园里游荡的风
和云层里隐蔽的星光
爱你眼里的深渊
如古旧的灯盏
朴素迷人

如果爱
我会爱上春天
麦浪里涌动的绿
和被命运低估的收成
爱你左手的迟钝
如捡漏的文物
弥足珍贵

如果爱
我会爱上沧浪之水
一身焦黄
连同你右手
挥动后长久的麻木

在庄园我是最小的一个

照片中我是小的
小得矜持
小得无意义
我看不清自己

在玫瑰园
我模仿蜜蜂
凑近无数朵花的芬芳
它们同时取悦我
我找不到自己

多年以后
我若变成一粒种子
落在泥土里
长成合欢树的一部分

如果某天你恰巧路过
你会看到
那段缠绕的枝干
是我，前世的
纠结了一个下午的暗语

透明的忧伤

我听到的咣当声
它来自一个人的头部
与玻璃的较量
太透明了
润德菲尔庄园的一扇门

水里的金鱼目睹了这一切
它们已不止一次
熟悉这样的黄昏
熟悉这样的透明

夕光漫过友人的瞳孔
酒漫过他们每个人的胃
我没喝酒
我用 45 度水的透明
与桌上 55 度酒的透明
交换彼此的隐蔽部分

当诗人的空名
触摸到这透明的黄昏
摸索到时间的矛
迅速压将过来的 6 分钟
一种尖锐的疼

刺向所有人的眼睛

我看不到金鱼落泪
它们漫不经心的表情
和 7 秒钟的记忆
洞悉了太多的离别
以及太多，透明的不舍

2019.05.23

暮游青果巷

燕子在新建的廊檐上
搬运词语
它们衔来往事
衔来初夏的夕光
和长衫上棉质的典故

在青果巷
时间终于把历史里的重要人物
又请了回来
如果用一封加急电报相邀
“唐兄，见字如面
速来青果巷”
——如果你和唐荆川相向而行
必定在某个节点相遇

暮游青果巷

唐公子穿过历史的帷幕
与每一位仰慕者合影
桂花还是明朝的桂花
闻桂花的人换了一波又一波

在古代
这里的每个门槛
都有遥不可及的高度
有人费尽心机跨越
有人无功而返
大多数人把它作为情商的参数
望尘莫及

踏着名流和英雄的足迹
无论如何
也无法还原他们
当时考取状元的欣喜
以及他们在整个过程中
所经历的坚忍和磨难

来过青果巷的人
能记住八桂故事的不少
谁会在意
在修建和回忆过程中
历史重现时
那些无尽的感慨和钦羡

不管世事如何变化

青石板总会记住
那些脚印留下的舆情

我匆匆而来
又匆匆而走
当我回望小巷的刹那
我分明听到
李和堂黑漆大门的铜锁
欲言又止的挽留

在青果巷
英雄和铜锁一样
都是历史里永不生锈的部分

我的雪山瘦了

1
雪山，神秘而美丽的雪山
睡吧，我喜欢看你睡着的样子
那样沉静，那样多情
我要靠近你，拥抱你
瑟瑟发抖的身体，越来越瘦了
你的瘦，让我心疼

2
沉睡千年的雪啊

你来自哪里
是中国的卡瓦格博峰，瑞士的铁力士巅
还是日本的富士山，意大利的阿尔卑斯脉搏……
如今，你在石头上慢慢矮下去了
你在太阳的眼睛里慢慢矮下去了
我要抱紧你，不忍放手
害怕这一放手
我的雪山就会瘦到没有骨头

3
我的雪山，永恒的天使
是什么让你瘦了，枯萎了
氟利昂，还是哈龙
是的，这些环境破坏的狙击手
它们正用荆棘刺入臭氧层的胸口
紫外线的保护伞，骨架断了
莫里纳流泪了
罗兰德流泪了
你流泪了

4
雪，洁白无瑕的雪
你是集体主义的奉行者
你是形而上的歌颂者
你手无寸铁，勇往直前
你以柔克刚，用水滴石穿的决心
与大自然的破坏者抗衡
无畏死亡

5

我的雪山哦，你要挺住
冰川是你的兄弟
与你结集前行
企鹅手执金戈，以梦为马
觉醒在黎明召唤
——时间是最好的见证者

6

我的雪山，纯洁的神灵
你的白，死而复生的白
埋过人间多少丑陋
地球的破坏者，听到了吗
钟声已经敲响
——种其因者，须食其果
万物默哀……

05

第五章

百年孤独

领路

从小到大都是父亲领着我们走路
只是那次，弟弟们捧着父亲的相框和黑盒子
我拿着扫帚，每逢一座桥、一个路口
我都会说：“爹啊，从这边走，跟我回家”
时光尽头——
桥和路用暗语交换了思想
而我们浑然不知

等雨

雨呢，我一直在等
等海水的蒸发，等体内的水集结成行

父亲，你坟头的小草被秋风宰割，一次又一次
可是关于痛，你只字不提

父亲，有些事我不敢告诉你
比如故乡的河水所剩无几，比如母亲的黑发屈指可数

父亲，你深邃的目光里，有夕阳咳出的血

有太多的雨，太多的不舍和留恋，都冻结在镜框里

父亲，我这里没有雨，只是在没有星星的夜晚
你喊我一声小名，我的天空就下雨

栅栏

我从疼痛中醒来
晨光透过玻璃，窗帘的影子
落在我的脸上、身上
我的悲哀止于说出

而阳光，不知疲倦地照耀我
当这瞬间的永恒的温暖
轻抚我伤口的时候
我刚好吃下一颗妈妈煮的鸡蛋

妈妈，昨天你告诉我
你一个人生病在家的时候
又想到了院子里的桂花
和爸爸亲手做的汤圆
——那是时光馈赠给我们的黄金啊

妈妈，那个夏天以后
父亲成了栅栏外无处不在的影子
虽然，我们都有一双寻索真理的眼睛

而我们终究一无所获

百年孤独

阳光透过窗户照向我
照在《百年孤独》的孤独上
从镜面反射到记忆中的光
此刻，正经过某个人的前世

摇椅上的灰色围巾顺着扶手垂下
微风经过
流苏随着飘动起来
但很快又静止
这期间短暂的停顿
恰好是昙花开放的一生

一百年太短，而生命的长度
总在不经意间，被回忆不断重复不断拉长
与回忆相向而行的是生活中
无法消除的单调和痛苦

漫长的孤独——
时光翻动沙子的响声
与椅子的沉默形成鲜明的对比
洁白的裹尸布与刺目的强光
形成鲜明的对比

遥远的孤独——
奥雷连诺上校站在行刑队面前
回忆中他父亲带他看冰块时的兴奋
与我父亲离开时眼角的泪痕
形成鲜明的对比

2019.09.21

蒙启录

旧式自行车的吱呀声
昨天又落到梦里
——丫头，我送你去学校吧

窗外，丝瓜花轻轻摇晃着夜色
它们用黄色托盘
收集着轮回里的星星

我从现实中抽身出来
握住的悲伤和悔意
常在夜里加深我的记忆

——父亲从秧田回来
把脚伸到河水里荡洗的时候
许多小鱼围了上来

它们真乖啊，仿佛一群听话的孩子

而我的不安和愧疚
来自四年前，那个黄昏
——我灵魂中诗意的逆锋起笔
竟是父亲离开前喊错的名字

2020.06.12

钉子

不知道一棵树在活着的时候
是否曾经想过死后的结局
不知道一个人在活着的时候
是否曾经想过死后的结局
当一棵树终于倒下
当一颗钉子终于停在合适的位置
与木头的伤口挤在一起
谁会在意它锈蚀斑斑的心情
当一个人终于倒下
当一颗钉子终于完成它的使命
与棺木的黑色成为一个整体
谁会在意雷声滚动的夜晚
人间有多少哭泣

此岸，彼岸

父亲，今天是埭上人家的桃花节
我专程而来，不看桃花只看你

父亲，妈妈担心你走路太累
这个清明，她帮你买了一辆电瓶车
红色的，很漂亮
8 块钱，她说这是个不小的数目
都是打牌赢来的
以前你教她的，长牌的那种
你走以后，她每天用打牌
来忘记你
偶尔，也对着你的照片
发点小脾气

父亲，我们都看你来了
在无数个亡灵飘游的日子
我们靠膝盖和暗语
与你相认

父亲，蚕豆花就要开了
在走向你的那条小路
我已闻到了小时候的清香
在这里，弟弟们向我一一指认所有亲人

这个是爷爷奶奶的坟墓
那个是祖宗老太太的
还有，那个文雅内敛的叔爷爷
你与他只差 8 岁
那时候，你们无话不谈

父亲，弟弟们帮你选的
这块地真好啊
临水边，浇花种菜都方便
正后方是你的父母
斜后方是你的叔叔
你和这些至亲家人在一起
我们也就放心了

父亲，昨夜我又梦到你
喊你的名字
为什么没有回应
快三年了，你去了哪里
是不是走丢了
还是已被大水冲走

父亲，你越走越远了
为什么独自一人住进斜阳
为什么要用背影遮挡母亲眼里
唯一的光芒

父亲，此时此刻
我跪在文字里
向你提出唯一请求

——护佑母亲和弟弟们
以及所有的家人平安健康

虽然，我在此岸
你在彼岸
千山万水也挡不住我们
曾经父女一场的缘分
虽然，我们之间隔着茫茫水域
隔着万里桃花
隔着无数个你曾经爱过
又丢弃了的春天

独白

上周日才去看你
奶奶，你没睁眼看我
知道你还有呼吸
我不敢跟你说再见
我知道，每说一次再见
都可能是一场永别

奶奶，古旧的骨髓炎
在你身体里盘踞了数十年
从此你就成了我的瘸腿奶奶
而我从没听过你喊疼

奶奶，记得那次暴雨
倔强的我，一定要你背我看医生
结果我们一起摔倒
在泥泞的田埂上
我知道你的腿很痛
那时我三岁，我无能为力

前段时间你跟我说
——我浑身骨头痛，真的很痛哦
行至中年的我，依旧无能为力
奶奶，你不知道我的心有多痛
我的愧疚，只有我的枕巾了解

奶奶，瘦到只剩骨头的奶奶
我不知道
在淘宝上买来的斜坡垫
是否可以减轻你腿部的疼痛
虽然我知道
这只是杯水车薪

奶奶，就在前天中午
你放下一切宿怨，走了
真的走了
没有一句道别
我知道
压缩了几十年的疼痛
在那一刻瞬间蒸发
你悄悄地抵达了天堂

勇敢坚强的奶奶啊
你要一路走好，披荆斩棘
这一走，山高水长
这一走，我们永世不见

从此，你的世界月朗星稀
而我，还要在这天寒地冻的人世
继续苟且偷生，继续无能为力

2018.12.26

母亲的悲伤

93 岁的奶奶走了
故乡的戏班子照例粉墨登场
他们用方言表演悼词
偶尔也会引来哄堂大笑

抬棺的人一路唢呐
用号子高歌，疾走
主事者说——走得越快
子孙越发达

棺椁每停下一次
儿孙们照例跪下
依长幼排列

女儿、儿媳轮流哭丧

轮到我母亲时
她的悲伤特别明显

我知道，父亲的坟墓就在不远处
那上面的茅草
今年又长高了一截

深歌

——致恩师简明

不敢相信，您真的走了
曾经，您的脚印是用灵魂丈量的跋
是步履维艰的涉

在长歌当哭的日子
当各种消息扑面而来
我不愿，也不敢承认那是真的

我想等一等，等一等再去确认
仿佛，我延迟的每一秒
都能争取您与轮回搏斗的时间

我听到来自远古的巨响
那是您，给予草原的

奋力一蹄啊。那是您为诗歌窄门
撕下的一道豁口。那是您用瘦骨
与污浊抗衡的霹雳
那是您，用铿锵宏音
怒斥诳语和不公的绝唱

现在，您正从人群中绝尘而去
披着雪花的洁白和高贵
越过孤立，越过鼎沸
用深歌和谣曲迎接您的
不是地气，而是耀眼的天光

2019.08.22

为何您要走
——致恩师简明

秋蝉还在鸣叫，落叶还在枝头
摇晃。天色未近黄昏
现在还不是时候
为何您要走

8 月 21 日晚上
月亮还未向大地分发碎银
去年的雪还在返程途中
托乎拉苏草原还在寻找羊群的嘴

为何您要走

都说落叶最知秋
您说："一日为师终生为父
我是欣赏你的
多读好书，急用先学"

我们只见过一面
当最后的道别成为必然
你以父亲的名义安慰我
"让生活欠你一点吧"

昨天上午，我最后一次问候——老师怎样了？
您用沉默回复了我

今天，您怀抱入冬手册疾行
请允许我，在雪花到来前
以诗歌的名义
喊您一声瘦骨嶙峋的好父亲

2019.08.23

好大一场雪

"雪落棺材，雨落轿"
——好兆头啊

纷纷——扬扬
雪花的葬礼如此盛大
甩袖狂舞。为公爹送行

知更鸟的唱腔潜入白色空间
那么多离家的雪齐声诵和
“大悲大愿，大圣大慈
本尊地藏菩萨摩诃萨”
——梵音在木鱼上滚动
“阿弥陀佛”从低音区滑出
踏着平仄韵律

超度的亡灵循声而去
逆着巨大的强光
飞翔，跨越，抵达
爹爹，你一定要勇敢哦
那里是烈焰，是乐邦，是天堂
再无苦难和轮回

草木低头，雪落无声
只用“婆娑婆娑”两个音节
就把人世间的业障了结

那天，雪很大
我看不到天空落泪
只是风的睫毛不停战栗

荒原

受困于杯子的破裂
我被小孩的哭声解救出来
——妈妈，妈妈

这些年，只有这个称呼
还新鲜如初
而关于父亲的词语，终日
困在旧照片中

每次我总是满怀愧疚
朝向镜框，迅速地一瞥
然后逃离
我害怕这种相逢
彷佛荒原里一棵孤立的树
突然被风晃动了一下
又回到原来的静默

此时，小孩已经停止抽泣
我开始收拾
生活中的玻璃碎屑
用更深的静默
拯救，突如其来的孤立

2020.10.11

星辰

有时在水底
做一桶晃动的梦
有时在田埂上
随着脚步穿行
这些水底的，或从箩筐中
漏下的移动的亮点
是父亲担着的星辰
如今，父亲已成为一颗
悬挂在天上的不知名的星星
只有在漆黑的梦里
我能准确说出它的位置
叫出它的名字
然而，我一旦伸手
他即刻幻化成
逆光中最为摇晃的影子

2020.11.24

喊山

我对着空谷喊一声
它应答一声
我喊：起风了
它答：起风了
我喊：我爱你
它答：我爱你
我喊：父亲，父亲，父亲……
这次它没有应答

致远去的父亲：一棵树

——写于父亲离开的第 198 天

你睡着了，永远地睡着了
没有一句道别
那个黄昏，院子里唏嘘四起
我听到了树枝折断的喧嚣
一棵树就这样倒下了

从此，我的四季里
你站成梧桐永恒的姿势

星光下默默摇曳的，是你
倔强的影子

你走之前，没能认出我
你不会责怪我吧
为了所谓的生活
我苟延残喘
在这个复杂的人世
而我苦苦寻索的，始终是一场梦
那个让我脚镣手铐的梦

你在天上，肯定看到了
你走后的日子
我失去过知觉何止一次
我如同一条困在沙滩的鱼
大海，才是我的复活之地

我也常常安慰自己
你一定不会怪罪我
就像落叶不会憎恨秋
坠入尘土
是你获得重生的唯一选择

佛说生命是一场轮回
前世的情人啊
今生才成了父女
我默默祈祷，来生
我不再坠入
这奴役与自由纠结的人世

我要做一只栖息在梧桐枝头
让你骄傲的凤凰

2017.01.15

《未经许可的悲伤》创作谈

我大学的专业是环境工程，算是地道的理科生。2016年以前，我很少涉及诗歌，更谈不上写作。而我诗意的逆锋起笔，是父亲离开时喊错的名字。这是未经许可，也是命中注定。父亲是我诗歌中的一棵树，只存在于虚构中。当落叶纷飞，我读着它们的来信。

写作对我最大的好处，是我不再害怕孤独，是我与我的相遇，我与未知的相遇，孤独是我的100个情人。正是这无数次刻骨铭心的相遇，成就了我的诗集《未经许可的悲伤》。本诗集收录了2016年6月15日至今，我创作的近600首诗歌中精选的193首代表性作品，虽然还有很多瑕疵和欠缺，但正是这种不完美，才是我本来的样子。在这里，我要感谢远在天堂的父亲，也感谢近在咫尺的悲伤、希望和荣光。

世间所有的相遇都是缘分，然而，这种相遇在时间的恒河里，那么渺小，如一粒沙很快就被大水冲走。我们来到世上，经过短暂的相遇，然后就是不断地告别，虽然每次告别都万般不舍，但是有什么可以永存？是爱，还是孤独？每个人孤独地来到世上，又孤独地离开。

乐观地活着是抵御孤独的唯一方式，而一直以来，沉默、担忧、恐惧、颓废这些原始的消极意识，顽强地维持着我们的生命。死亡是上帝设置的程序，诗歌是我的宗教。如何让活着富有意义？或许，延拓生命的宽度、诗意地栖居是最好的阐释。

诗意不是你刻意地去寻它，而是它一直蹲在暗处，秘密地窥探你。只在恰当的时候，它迎头撞上你，那是一种艳遇。我与诗歌的相遇，一半是偶然，一半是必然，仿佛夜郎谷的艺术，一半来自天成，一半等待观光者的参与。那些让我感动的、心花怒放的瞬间，都是我诗歌创作的源泉。

写诗四年多来，我一直坚信一个真理：诗歌是经验和想象的综合体，是五官通感的艺术体，是电光火石中截留的不为人知的隐秘部分。有人强调诗歌要有现场的带入感、体悟感、甚至是切肤之痛感。而我认为，诗人不能困囿于现场，必须跳出局外，这样才不至于受限于局部的思维，诗意在现场即可。

诗意是朦胧与真实的黄金分割体。过于陌生化的语言，如一剂迷幻药，让读者昏昏欲睡，云里雾里，终会遭到闪电和霹雳的训斥；反之，过分真实或具体的陈述，使得诗歌如白开水般索然无味。

如何让诗歌呈现最好的状态，那必须是虚中有实，实中有虚，如薄纱若隐若现，如爱情若即若离。体现在真实写作时，诗人必须从自己对生命与生活的洞察和复杂感受力出发，一种特殊机制的跳跃性语言，它必须远离平淡无奇的公共词汇，说别人未曾说过的话，呈现惊艳或动人心魄的语境，其余音能绕梁，三日而不绝。

最后一点，诗歌不能局限于小思维、小情绪，诗人必须有悲悯的大情怀，通过感悟生命而召唤苍生，具有时代性和先锋性的诗歌，才不至于被历史淘汰。总之，时间是检验真理的唯一标准。写诗不仅是为了凝视自己，更应能让黑暗发出回声。

如果你此时问我，什么是好诗，我会说：诗歌是一剂药，只是在触碰灵魂的刹那，有人将它杀死，有人让它重生。当某天，我无视地从你面前走过，我知道我已放下一半，另一半终将战栗我的余生。

2021.02.18

名家推荐语（按音序）

一

法国诗人阿波利奈尔曾这样说，“诗歌即意味着创造：所以只有那些能发明会创造的人，才能称为诗人。”诗人少爷在我看来就是那个“能发明会创造的人”。她的诗歌偏爱尖锐激烈的修辞，许多哲学的思维及神性的象征，诗中对残酷现实与复杂人性多有涉及，读她的诗会听到一种尖锐之物刮过铁器的声音，会让听到的人神经为之一颤，就像她在诗中所云：“我一生都在打铁 / 有时我是铁匠，更多时候 / 我是铁，遍体鳞伤 // 直到有一天，我以铁的姿势 / 躺进熔炉，听自己熔化的声音 /——用沸腾的尖叫 / 迎接另一个我的诞生”（《铁匠铺》）。一个女性把自己喻为铁，并聆听着“自己熔化的声音”，该是多么的果敢与决绝，我忽然想起茨维塔耶娃的“我知道，我将死在霞光中”的诗句，二者都极具一种裹挟力，相比当下一些女诗人的嗲声嗲气、矫揉造作，这是多么的难得。对于诗人少爷来说，诗歌就是她的道场，她潜在其中修行学道，诵经弘法。在形而下与形而上之间犬牙交错，在现实与虚无之间印证与检验，就像“无数个尝试者的人头 / 从世界橱窗的泥土中探出”（《墙》），她大胆地借天才的想象为世界制造一个形态。她不属于低吟浅唱抒情丰沛的诗人，她诗歌的视点不是事物本身，而是事物在意识中的渗透，因此她才会去追问影子“所呈现意义是什么 / 对于黑暗的认同 / 还是被人踩踏时的沉默”“谁可以做到不离不弃 / 我对它说：唯有你 / 热情歌颂犬儒主义的影子 / 治愈人间孤独的良药 / 才可以在光源消失的时刻 / 阐释光明的全部意义”（《影子》），所以，当影子与光交织在一起，渗透在诗歌中的东西，必为诗歌所拥有。

——宫白云于辽宁丹东，2020.10.11

二

少爷的另一个笔名邵以默，是我刚刚知道的，比起来，我更喜欢少爷这个笔名。邵以默这个名字也很好，对于佛学和周易都有涉猎的她，估计名字里蕴藏的无限妙解要比我清楚。但少爷这个名字更直接、干脆，更符合这位女诗人骨子里的果敢与侠气。

我们见面不多，但雪鹰说，知道你来，少爷肯定会过来。果不其然，已是万家灯火、酒过三巡，远在数十公里外的少爷还是开车前来，令人对这位江南女子的豪情大气刮目相看。这样的见面大概有几次，因为喝酒太尽兴，已经记不准确。直到现在认真读她的诗，才明白原来我们在诗歌追求上有很多的相近，至于诗歌水准，又令我刮目相看了第二次。

如果用一句话来概括，那就是她颠覆了我对南方女性诗歌的认识。也许看多了太像诗的分行，尽管有些人写得很温润很抒情甚至很有一些灵光和天赋，特别在女诗人笔下，我见到的让我从文字背后那个“人”字上认同的还不多，少爷让我读之就认同了这一点，这里的“人”自然是具有现代审美趣味和人文修养及人格风范的人。她的诗不缺乏女性体验的细腻委婉真切动人，但都幻化为自觉的人文认知和精神力量。从这个层面看，她的诗更多丈夫气。

她的写作是叩问的、抵抗的写作，属于难度写作的范畴，这一选择是自发的、自觉的，甚至可以说是与生俱来的。她立足于“我”的长时段、多维度审视，将“观物”“观我”和“我观”统一起来。诗行里充满自我深刻而痛苦的反思和现代人的焦灼感、破碎感，如《麦子熟了》《稻草人》

《石头》等。她穿越时间的锐利思考，不但让诗篇具有鲜明的时代性和人文主义的精神风貌，还让她从素常事物上重新擦拭出光芒，如《摄像头》《病毒》等。面对身处的世界，诗人由此便有了重新命名和定义的权力。

她因此多钟情于生死的主题，并善于用“真理”等宏大的词汇，有些诗题带着明显的形而上之思，如《泡沫》《浮世》《容器》《投影》等，但她融入了个人的生命感悟和历练之痛，并将强烈的批判性和决绝的意绪浸润在字里行间，她的《个人简历》《手艺人》《袖口里的交易》等诗中随处可见一些亮眼诛心的诗句，带着生存的血痕泪滴。这位“用一生的时间与死神赛跑”的诗人，将“逃难者”与“叙述者”的恍惚感、无依感、恐惧感形象地烘托出来，这一点在《虚无之物》中有着极好的体现，给当世的众人提供了一个极典型的现代灵魂样本。

我认可少爷的诗，是因为她是带着不屈的生命意志走来的，一个现世的弱女子，骨子里回荡着《子弹的思考》，比那些披着男人外衣内里满是无知与媚骨的人更爷们。说到底，好诗人往往与身处的世界势不两立，少爷也是其中之一。不知哪一天，她会令我刮目相看第三次、第四次……

——2020 年庚子岁末，马启代于明夷斋

三

少爷的诗重意象，是由其难得的诗歌天赋为生根素，再加之奇诡的想象，360 度全方位勾连的能力共同作用的结果。手法上常有超现实的嫁接能力的展示，从而让诗生出更加硕大、丰满的诗意之果。她善于不动声色地运用隐喻、象征。用词精准、大胆，有爷们的果毅，有快刀之利索。比如：“我偶尔走水路，使轻功 / 搏击一场未知的海啸 / 让厌倦的宿命，铤而走险”“如果来得及，反悔 / 请在扣动扳机之前撤离 / 直至，子弹射程以外”。还有《落日》

的尾句“你一意孤行，沉入大海 / 滚烫的身体不惧怕惊涛骇浪 / 淬火时的呲呲声，是遗言 /——是不屈和训斥”。这种假想中的悲壮，为何会有如此真切的撞击灵魂的效力？这是柔弱如水的女性内心深处的果决与豪迈之气，借物迸发的冲击波。关于爱情，关于亲情的诗也是少爷诗歌的重要部分，她的情诗热烈狂放、掷地有声，甚至真实地掀开触目惊心的伤口：“在我睡去的时候 / 你从我的伤口上撤退 / 把一个真相从无数个谎言中 / 剥离，倒拖的芒刺上 / 血肉模糊……而明天 / 我仍要在渗血的伤口处 / 完成一朵花的文身”（《玫瑰》）。“当我们交错重叠 / 星光成为彼此眼中的唯一诚意 / 月色荡漾 / 我体内满溢的江水荡漾”（《荡漾》）。只有真性情的诗人，才有如此撞击心灵的诗句。无论诗写手法、方向，还是蕴藉的思考、思想之深度，少爷的诗，都具有少见的优秀品质。

——雪鹰于武义田庐，2021.01.29

四

通过诗歌，诗人邵以默指认自己的命运；通过诗歌建筑的曲折小道，诗人也抵达自己的命运，抵达其精神疆域的辽远边界。她用其独特的语言构建一个有限的世界，但这也是最为阔大的世间真相。于浮世中，她藉沉默的井绳汲取普遍性的怜悯与孤寂；于虚无中，她小心翼翼地给予皱褶以生命的投影。那些幽暗，那些光芒，静谧地在她的诗篇中闪烁。

——育邦于南京，2021.02.07

五

“邵以默”这个蕴藉的笔名颇有经典的一流文学人风味，“少爷”则给人新进、气度招展之感。而我更熟悉的是“风子”和“如兮”这两个颇有灵气的诗意笔名。其实这四个不同的笔名可以形象地描绘邵以默出众的诗写才华，似乎也可以表现她众多诗歌作品的部分主要风貌。我也想用下面几个短语来表述我对邵以默诗写的主要印象：深邃闪亮的知性，深思和心理活动，深情和痛感，凝练、冲击读者心灵的语言，丰富的意象，大气的行文、细腻的描述和敏锐的妙喻。她的诗写是非常个性化的，这体现在她的独特思路、真切而充满个性的情感、个性化诗语等各个方面。在众多诗人、众多女诗人的当下诗歌界里，邵以默的诗写独具魅力和特色。我非常欣赏她诗写独特的风格和独创性，而独特风格和独创性正是诗写的关键。

不久前我和一位诗人谈到中国诗界今日的状况。她说，中国的文艺复兴，什么时候一定会到来。我答道，“中国的文艺复兴，从诗歌角度来说，在进行中。”（几年前我可能还不会这么说，那时情形颇为不同。）在我说这句话的时候，我想到我熟悉的不少优秀诗人，其中就有邵以默。

管中窥豹，我们来读读邵以默的诗句，以领略一点我上面所说她诗写的精彩。

“我只在光阴的缝隙里偷看过外面两次/一次是你来，一次是你走”《红叶》（颇有名句风味的写爱情佳句，微妙、含蓄而深情）。

“你是幽居在我伤口的情人”“我仍要在渗血的伤口处/完成一朵花的文身”《玫瑰》（优美典雅，深情，意味深长）。

“用大地新冒出的岩浆”“照亮的部分越光鲜，背面有更深的皱褶”《投影》（出彩、非常有质感的喻写）。

“它们断面虚白/一失手便是山河破碎”《瓷器》，“如若为美玉/必有谙熟刀斧之心”《石头》（同样出彩的喻写，尤为大气，尤为力度十足）。

“我一生都在修改简历/从繁杂到简朴”“这逐渐删减的过程/概括

了我潦草的一生”（《个人简历》，富有生活哲理的诗语）。

“等海水的蒸发，等体内的水集结成行”（《等雨》），“我是完整的光束 / 落到水里 / 你以咒语拨开 / 我碎裂”（《暗夜》）（深邃，充满诗性）。

——叶如钢于美国加州，2021.02.04